小学館文庫

京都スタアホテル

柏井 壽

小学館

目次

京都スタアホテル

第一話　『禊川茶寮』の再婚ごはん

　ときの経つのは早いもので、わたしが『京都スタアホテル』に勤めはじめてから、今年で三十三年になります。最初は事務方、その次は宿泊部門と続き、入社五年目からはずっと料飲部門におります。

『京都スタアホテル』は、明治三十年創業の前身ホテルを含めますと、百二十年を超える歴史を持つ老舗ホテルでございます。なかでも料飲部門は皇室の方々、海外からお越しいただくVIPの方々からの信頼も厚く、地元京都の方々からも長く愛されております。

　三代にわたってご愛顧いただいているお客さまも少なくありませんし、当ホテルで婚礼の宴を催されることを恒例とされている名家もたくさんございます。

バーやラウンジを含めて、ぜんぶで十二か所の料飲施設を備えていることも、当ホテルの特徴でございます。宿泊客室は合わせまして百二十室あり、当然のことながら、食事だけのお客さまもたくさんお出(い)でになります。数ある京都のホテルのなかで、地元のお客さまがこれほど多いところは、ほかにはないものと自負いたしております。

このたびわたし北大路直哉(きたおおじなおや)は、館内レストランバーの支配人を仰せつかり、当ホテルのさらなる発展とより一層の施設の充実に努めることとなりました。

◆

本日は館内の『禊川茶寮(みそぎがわ)』で、たいせつなお客さまを迎えることになっております。二十年来のご常連、君島宗一郎(きみしまそういちろう)さまのご予約が入っているのでございます。『禊川茶寮』の京料理は月に一度はかならずお召しあがりになるほど、特にお気に召していただいております。

ご接待の際は個室を、おひとりのときはカウンター席をご利用になり、お帰りになるときはいつも、わざわざわたしを呼んでお礼を述べてくださるほど、ご満足いただいております。

君島さまは『東本願寺』近くにある法衣屋(ほうい)さんの十二代目でしたが、アパレル会社を起こされ、一代で京都を代表する企業へと育てあげられた敏腕経営者として知られています。おしどり夫婦とも称されるほど仲の良かった奥さまを、七年前にご病気で亡くされてからも、ますますお仕事に打ち込まれておられるようです。

今日はたいせつな方とおふたりでのプライベートなお食事と聞いております。

師走に入り、なにかと慌ただしいときではございますが、お寛ぎいただいて料理を愉しんでいただければと、念入りに準備を進めております。

『禊川茶寮』の料理長鈴本清司は、祇園の料亭からわたしが引き抜いてきて、今年でちょうど十年になります。君島さまの好みも熟知しておりますから、案ずることはないのですが、念には念を入れないと気が済まないのは、わたしの困った性分です。

鈴本と一緒に打ち合わせを行うのは、わたしの片腕として重責を担ってくれている、チーフマネージャーの白川雪です。白川はまだ入社五年目ですが、ソムリエの資格も持ち、あらゆる料理にも通じていることから、二十八歳という若さながら、料飲部門の現場責任者に抜擢した女性です。人柄もさることながら、テキパキとした仕事ぶりも、お客さまだけでなくスタッフからの信頼をも集める理由ではないかと分析しております。

『京都スタアホテル』の三階南側に設けられたスタッフルームが打ち合わせ場所です。

舞台裏的存在のスタッフルームとしてはめずらしく、鴨川(かもがわ)と東山(ひがしやま)を望む、眺めのいい部屋となっております。

せっかちな性分に生まれついたわたしは、いつも真っ先にスタッフルームを訪れ、じっと待機しているのです。

1

平成十一年に建てられた『京都スタアホテル』は地下一階、地上八階の中層建築で、京都内の高層ホテルとは比ぶべくもないが、それでも建築計画が公表されたときは、京都市民のあいだで、盛んに反対運動が繰り広げられた。

街の景観が悪くなるというのがその主な理由だったので、当初の計画では十階建てだったものを八階建てに変更したのである。

その結果、客室数も当初計画の百五十室から三十室減の百二十室となった。三階の南東角にあるスタッフルームも、当初は客室になる予定だったが、曲折を経て変更されたのが幸いし、舞台裏とは思えないほど眺めがいい。

北大路はことのほかこの部屋がお気に入りで、料飲部に自室があるにもかかわらず、大半の勤務時間をここで過ごしている。

三十平米ほどの部屋には十人ばかりが会議できる長机と椅子が置かれていて、北大路の指定席はその南東角。一番見晴らしのいい席である。

コーヒー好きを自任する北大路は、ペーパードリップコーヒーを一日にかならず五杯飲み、そのすべてをこの席で愉しんでいる。

今日の三杯目、キリマンジャロの香りに鼻を膨らませているところへ、姿を現したのは白川雪だ。

「遅くなりました。いい香りですね。わたしもいただいていいですか」

黒のパンツスーツには、しわひとつ寄ることもなく、胸元を飾る星形のシルバーブローチが誇らしげに輝いている。

「お安いご用だ。やっぱり挽(ひ)きたての香りは格別だね」

北大路は立ちあがると電気ケトルのスイッチを入れた。

「早速ですが支配人、君島さまの今夜のお席は〈比叡(ひえい)の間〉でよろしいでしょうか」

北大路の真向かいの椅子に座った雪は、机の上に分厚いファイルケースを開き、タブレットをその横に置いた。

「少し狭いかなと思ったけど、女性とおふたりならちょうどいいんじゃないか」

「お相手の方のことは、女性という以外に何かおっしゃってました？」

「いや。仕事ではなくプライベートだ、とだけしか」

「記憶があいまいでしたので、データを確認したのですが、君島さまが女性とおふたりで食事されるのは、七年ぶりになります」

「それがなにか？」

北大路はケトルの湯を慎重に注いでいる。

君島宗一郎が創業したアパレル会社は、京都を代表する企業として隆盛を誇り、京都市内のみならず、全国各地に直営店を開いており、地元京都の名士として知られる君島は、積極的なメセナ活動でも高い評価を得ている。

花街とも深い関わりがあり、浮名を流すことも少なくなかったが、妻を病気で亡くしてからは、世間を騒がせることもなくなった。

「八年前までは亡くなられた奥さまと、月に二度はおふたりでお食事にいらしてましたね」

雪がタブレットのディスプレイを北大路に向けた。

「つまりあれか。白川くんは君島さまに新しいお相手ができたと言いたいのか」

ホテルのロゴが入ったコーヒーカップを置くと、雪はこっくりとうなずいた。

「ありがとうございます。ああ、いい香り」

雪はうっとりと目を閉じている。

「だとしたら？」

北大路はタブレットをもとに戻した。

「サプライズをご用意しておいたほうがよろしいかと」

カップを手にした雪は口もとをゆるめた。

「先走りすぎじゃないかな。もしもそういうお祝いごとだったら、それとなく匂わせるのが君島さまの性格だ。ご予約をいただいたときの様子からは、みじんも感じなかった。君島さまとは長い付き合いだから、声の調子やなにかからお気持ちが伝わってくるんだよ。正直な方だからね。今回はお祝いごとというより、悩みごとのような気がしたよ」

ときおり窓の外に目を遣りつつ、コーヒーカップを持ったまま北大路が答えを返した。

「そうでしたか。では、考えすぎだったかもしれませんね」

肩をすくめて、雪は小さな吐息をもらした。

「お客さまのことは、考えすぎるくらいでちょうどいい。白川くんは間違っちゃいないよ。わたしの勘が当たるか、白川くんの分析が正しいか。愉しみだね」

「長年のあいだに培われた勘には敵わないと思いますが、念のために準備は整えておきます」

雪は自信ありげに笑顔を浮かべた。

「遅うなってすんませんでした。仕込みに手間取ってしもうて」

白衣姿の鈴本料理長が駆け込んできて、和帽子を取った。

「ごくろうさま。わざわざベテランの鈴さんを呼ぶまでもないのだが、根っからの心配性なものでね」

「わしも気になることがありましたさかい、ちょうどよかったんですわ。えらいええ匂いがしてますな。一杯いただけますやろか」

「よろこんで。で、気になることって？」

立ちあがって北大路が電気ケトルのスイッチを入れた。

「君島はんが女の人とおふたりで、しかもプライベートでお越しになるてなこと、長いことありまへんでした。ひょっとしておめでた話やないかと思うてますんやが、支配人はなんぞお聞きになってますか？」

鈴本の言葉に雪がにやりと笑った。

「なんだ。鈴さんも白川くんとおなじことを思っていたのか。今もその話をしていたところなんだよ」

「やっぱりそうでしたか。それやったら、料理も器もちょっと変えんとあきません」

「料理長、その心配は要らないようですよ。支配人の勘だと、そうじゃないみたいですから」

雪がいたずらっぽく唇を尖(とが)らせた。

「二対一になっては形勢不利だな。きみたちにまかせるよ」

北大路が鈴本にコーヒーを出した。

「おそれいります。けど、勘のええ支配人には勝てまへんさかい、ふつうどおりでいきますわ」

鈴本はゆっくりとコーヒーカップをかたむけた。

「わたしの勘がはずれたら大ごとになりそうだね」

「〈比叡の間〉ですけど、テーブルの位置を変えようと思っているのですが、大丈夫ですか？」

雪が鈴本にタブレットを見せた。

「窓にくっつけて、おふたりが向かい合う形ですな。君島はんが奥ですか？」

「いえ、女性が奥です。今日は空気が澄んでいますから、東山の稜線もきれいにご覧いただけるでしょうし」

「今夜はお席でフグの炭火焼をと思うてますんやが、ずっと付いとったほうがええか、最初だけ焼かせてもろて、あとはおまかせしたほうがええか、ユキちゃんの言うとおりにするさかい指示してや」

「承知しました。進み具合にもよりますが、日本酒とワインを用意しています。いつものラインナップ以外に、ヴィンテージ・シャンパーニュも一応用意してますので」

雪は流し目で北大路を見た。

「お相手の女性もアレルギーや苦手な食材はないということだから、存分に腕を振るってくれ。フグだけじゃなくてカニも出すんだろ？」

「今日は加能蟹のええのが入ってますんで、お造り代わりに冷しゃぶで召しあがっていただこうと思うとります」

「加能蟹の冷しゃぶか。わたしもお相伴したいところだね。〈月の桂〉のにごり酒と合わせたら最高だ」

北大路が生つばを呑みこんだ。

雪は鈴本からわたされた、手書きの献立表をタブレットで撮影している。

「〆のご飯もんやけど、今のところ雑炊にしようと思うてるんやが」

「王道すぎるかもしれませんね。君島さまは去年のおなじ時季にも会食されていますが、そのときもカニ雑炊でした。少し変化球もご用意いただけませんか？」

雪がそう言うと、鈴本はにこりと笑う。

「作った本人が忘れとるのに、よう調べてるな。よっしゃ、ちょっと知恵を絞ってみる」

「わたしの入る余地はないようだね」

苦笑いしながら、北大路がコーヒーを飲みほした。

十五分ほどで三人の打ち合わせは終わり、それぞれが持ち場に戻って、スタッフたちと情報を共有する。

鈴本が料理長を務める『禊川茶寮』には十五人を超える料理人が居る。雪が指揮を執るサービススタッフは二十人、料飲部門の営業担当者はこの日だけでも十数名が出勤している。

こうして、わずかふたりだけの客の対応に、五十人近いスタッフが思いを巡らせる。

それが『京都スタアホテル』の伝統であり、これからも歴史を積み重ねていくことになるのだ。北大路は『禊川茶寮』へ足を運び、最終チェックを済ませた。

◆

君島が時間に正確だということを、北大路はよく承知している。どんな状況でもかならず約束の十五分前にはやって来る。

『京都スタアホテル』の車寄せは木屋町(きやまち)通側にある。ベルキャプテンと談笑しながら、近づく車に鋭い目を走らせる。

「いらっしゃったみたいだね」

ネクタイの結び目をたしかめ、北大路は見慣れた車に駆け寄った。

「本日はお世話になります」

君島のお抱えドライバーが、後部座席のドアを開けると北大路に一礼した。

「いつもありがとう」

君島が会釈した。

ツイードのジャケットにフラノのスラックス。白いシャツに濃紺のネクタイを締めたラフなスタイルを見て、北大路は自分の勘が当たっていることを確信した。勝負服の匂いがしないのだ。

小脇に抱えた黒革のクラッチバッグもいつもとおなじ。唯一気に掛かるのは、プライベートで訪れるときは決まって外しているはずの、社章のピンバッジがジャケットのラペルを飾っていることだ。

「ようこそお越しくださいました。本日のご会食はプライベートとお聞きしておりますが」

北大路が念を押した。

「仕事抜きで料理を愉しませてもらいます」

君島は笑みを浮かべ、北大路の肩を二度ほどたたいた。

「少し時間がございますが、バーでお待ちになりますか？」

「いや。鈴本くんにも挨拶しておきたいから、まっすぐ『禊川』に行くよ」

「承知しました。では、わたしはここでお連れさまをお待ちします。お名前だけお聞かせ願えますか」

「朝生花枝（あそうはなえ）という女性だ。静岡の自宅で生花の教室を開いている。ぼくもその生徒なんだよ。歳（とし）は、そうだなぁ、ぼくより三つほど下だろう」

「承知いたしました。お見えになりましたらご案内いたします。君島さまは白川がお世話させていただきます」

北大路が合図にかかとを上げると、黒いパンツスーツ姿の雪が北大路の斜め後ろに立った。

「ようこそお越しくださいました。『禊川茶寮』へご案内いたします」

「ユキちゃんとはしばらくぶりだね。よろしく頼むよ」

ふたりはレストラン階直通のエレベーターに乗りこんだ。

『禊川茶寮』は八階の東側にあって、『京都スタアホテル』のレストランのなかでは、もっとも眺めのいい場所だ。七つある個室のうち、東側に窓を開いているのは〈比叡の間〉と〈清水(きよみず)の間〉だけである。

八階で止まったエレベーターのドアが開くと、鈴本が出迎えた。

「お待ちしとりました」

「忙しいだろうに、わざわざ出迎えてもらって申しわけない。今日もよろしく頼むよ」

「今日も旨(うま)いもんをようけ用意しとりますさかい、ゆっくり愉しんでいってください」

君島に一礼し、鈴本は和帽子をかぶり直した。

「愉しみにしているよ」

君島は雪の先導で『禊川茶寮』の暖簾(のれん)をくぐった。

『禊川茶寮』に入ると、見晴らしのいいテーブル席が広がっていて、左奥には十席だけの板前割烹『風花』がある。右手には石畳が敷かれた路地が細長く続き、両側に個室が並んでいる。

高い靴音を立てて雪が先を歩き、君島はゆっくりそのあとを追う。

ホールスタッフはみんな君島の顔見知りだ。すれ違うたびに笑顔を交わす。

〈比叡の間〉は六畳ほどの空間で、ふだんは部屋の真ん中に置かれているテーブルが、窓際に寄せられ、椅子が二脚向かい合ってセットされている。

「若いカップルならお似合いなんだろうけど、少し気恥ずかしいね」

君島が苦笑いした。

「とんでもございません。冬ならではの澄んだ夜景をご覧になりながら、ゆっくりお食事をお愉しみいただけたらと思いまして」

雪が手前の椅子を引くと、君島は少し間を置いてから腰をおろした。

「考えてみれば、最近はこうして夜景を眺めることとなんてなかったなぁ」

額に手をかざし、君島が窓に顔を寄せた。

「もう少し照明を落としたほうがよろしいですね」

雪が調光器を操作すると、ガラス窓の反射が半減した。

「ますます照れ臭い」

君島が白い歯を見せた。

「先にお飲みになりますか？」

「いや。お茶をお願いします」

腕時計に目を遣ってから君島が答えた。

「承知しました」

静かにドアを閉めて雪が出ていくと、君島はあらためて窓の外に目を凝らし、思いを巡らせる。

左の奥にそびえているのは比叡山、峰続きに見えるのは如意ケ嶽だ。大の字がひずんでいるのは山を横から見ているからだろう。右に視線を移すと蹴上のホテルが灯りを点していて、更に右へ目を向けると三重塔が見える。『清水寺』だっただろうか。

朝生花枝と寺巡りをする切っ掛けとなったのは『清水寺』だったが、あの塔まで足を運ぶことはなかった。

そこから右へ東山の稜線が続く。『今熊野観音寺』、『泉涌寺』はあの辺りか。どっちも花枝の好きな寺だ。

「失礼します。お連れさまがお見えになりました」

ノックをしてから少し間を置き、雪がドアを開けた。

「お待たせしてしまったようですね」

藤鼠色（ふじねずいろ）の着物を着た花枝が小さく会釈した。

「とんでもない。少々早く着きすぎてしまいました。歳を取るごとにせっかちになって困ります」

立ちあがって君島が迎えた。

「素敵な夜景ですこと」

花枝は細くした目を窓に向けた。

「ぼくもさっきから見とれていたところです。素敵なお召しものですが、寒くありませんでしたか」

「道行（みちゆき）はクロークにあずけてまいりました」

「そうでしょうな。ま、どうぞお掛けください。飲みものはどうなさいます？　いつものように冷酒でいきますか」

君島の言葉を待っていたように、雪が日本酒のリストを差しだした。

「料理長の本日のお奨（すす）めはこちらになります」

「どれもいいね。どうせ順番にぜんぶ飲むんだから、どれでもいいようなものだが」

君島が花枝にリストを見せた。

「宗一郎さんにおまかせしますわ。今日はだいじなお話が控えてますから、飲みすぎないようにしませんとね」

花枝が口もとを引きしめた。

「たしかに。じゃあ〈月の桂〉のにごり酒にしよう」

君島が雪にリストを返した。

「承知いたしました。お料理と一緒にお持ちしましょうか。それとも先に？」

「一緒にお願いします。口あたりがいいお酒は進みすぎますから。それとお水もお願いします。常温で」

いつになく花枝が緊張していることに、君島は背筋を伸ばして応えた。

「最初は気を付けているつもりなのだが、飲みはじめるとつい」

「おたがいさまですけどね」

ふたりの遣り取りが途切れるのを待って、雪が部屋の外に出た。

君島が遠慮がちに咳（せき）ばらいをし、花枝はそれが聞こえなかったかのように、無言で窓の外に目を向けている。

しばらく沈黙が続いたあと、君島が口を開いた。

「お元気そうで何よりです」

　せわしなくおしぼりを使いながら、君島が花枝と目を合わせた。

「カラ元気と言うのが正確でしょうね。今年のような一年を元気に過ごせた人などおられるのでしょうか」

　花枝が顔を曇らせる。

「おっしゃるとおり。ぼくにとっても人生で一番苦しい年でした」

「春にお会いしたときは、これほど長引くとは思いもしませんでしたね」

　花枝が手を伸ばし、宙を探っている。

「なにか？」

「透明の板が設置してあるんじゃないかと思って」

　手を引っ込めた花枝は真顔で答えた。

「これだけ離れていれば大丈夫でしょう。あなたとぼくのあいだに無粋な壁など要りません」

　君島が口もとをゆるめた。

「お待たせいたしました」

　ノックの音に続き、鈴本と一緒にふたりの男性スタッフが部屋に入ってきた。

「京都の師走と言うたら顔見世です。八寸は幕の内弁当ふうに設えました。すぐそこの『南座』で観劇してもろてる気分で召しあがってください」

鈴本が料理の説明をしているあいだ、ふたりのスタッフは緊張した面持ちで、テーブルの上に料理と酒を並べている。

「香澄さんとふたりで顔見世に行ったのは、何年前になりますかしら。あのときはたしか『辻留』さんのお弁当をいただきました。香澄さんが特注されたとかで、その日の演目に因んだお料理でした」

ときおり窓の外に目を遣りながら、花枝が弁当を見まわした。

「『辻留』さんと比べてもろたら冷や汗が出ますわ。松花堂弁当に仕立ててます。どうぞゆっくり召しあがってください」

言葉だけでなく、鈴本は額に汗を浮かべている。

「ごめんなさいね。そんなつもりで言ったんじゃないのですが、東の人間は無粋でいけません」

花枝が小さく頭を下げた。

「鈴さんは打たれ強いから大丈夫ですよ。な？」

君島の言葉に鈴本が苦笑いを浮かべ、テーブルの上が整ったのをたしかめると、スタッフと一緒に下がっていった。

「どれも美味しそうだこと。これだけで充分お腹がふくれそうですね」

花枝が目を輝かせる。

四つに区切られた松花堂弁当には、和え物や煮物、焼き物に揚げ物など、手の込んだ酒肴が品よく盛られている。前菜と言いながら、分量からすれば、主菜と言ってもいいほどのボリュームだ。

「まずは乾杯といきましょう」

君島がにごり酒の入った切子のグラスを差しだすと、花枝は顔をほころばせて軽くグラスを合わせた。

「顔見世なんて長いこと行ってないなぁ。むかしはよく接待されたものだけど」

君島が手に取った串には、二色の味噌が塗られた生麩の田楽が刺さっている。

「宗一郎さんはお忙しいから。香澄さんも心配してらしたわ。外食ばかりで偏食になってしまっているって」

花枝は、飾り切りされた海老芋の煮物に箸を付けた。

「ひとの心配している場合じゃなかったのに」

君島は酒で喉をうるおした。

「よく食べてよく飲んで、香澄さんほど丈夫なひとはほかにいない、と思っていたのですけどね」

花枝が亡くなった妻の話題を続けるのには、どんな意図があるのだろう。君島は花枝の胸の裡（うち）を読み切れずにいる。

「ぼくは魚の皮が好きでね、このフグ皮のポン酢和えは大好物なんですよ。もみじおろしと和えてあるといくらでも食べられる。夏場だとハモ皮ですな。刻んだキュウリと合わせた酢の物もいいです」

君島はなんとか話題を変えようとしている。

「焼いたサケの皮もお好きなんでしょ。香澄さんがおっしゃってました。身より皮を先に食べる変わったひとだって」

君島の目論見（もくろみ）ははずれてしまった。

「香澄があっちに行ってしまってからもう七年。夢に出てきては、わたしのことは早く忘れなさいって言うんですよ」

君島は花枝と目を合わせず、夜景を眺めている。

「ごめんなさい。余計なことを言ってしまって」

「いやいや、花枝さんを責めているんじゃないですよ」

君島はかぶりを振って、グラスを手にした。

「なんだか今日は謝ってばっかり」

口をすぼめて花枝が肩をすくめ、窓の外に遠い目を向けた。

七年前、夏の暑い日だった。ベッドに横たわる香澄は、往年の艶(あで)やかさは見る影もないほどやせ細っていた。骨と皮だけになった細い手で花枝の腕を取り、声を絞りだした。

――宗一郎さんのことをお願いね。あなたなら化けて出ないから、ふたりだけの秘密よ。頼んだわね――

花枝は香澄の最後の言葉を思いだし、親友の頼みを果たせないだろうことに、小さな胸を痛めている。

「グジは若狭(わかさ)ものだと思いますが、こうしてウロコを立てて揚げると、いい食感になりますね」

君島が言った。

「本当ですね。京都ならではでしょう。なかなか静岡ではお目に掛かれません」

箸を置いた花枝は、膝に置いたナプキンで軽く口もとを押さえた。

「なんと言っても東は赤身ですね。旨いマグロが食べたくなると、清水(しみず)のお寿司(すし)屋さんへ行くんですよ」

「『末廣鮨（すえひろすし）』さんですね。しばらくご無沙汰してます。大将もお元気かしら」

「ぼくも今年はまだ食べに行けてないんですよ。自粛ムードには逆らえなかったですから」

「本当に今年は大変な年でしたね。なにもしないあいだに一年経ってしまった気がします」

サバの小袖寿司を箸ではさんだまま、花枝が窓に向けて遠い目をした。

「若いときなら仕方ないと思えるのだが、この歳になって一年を失ってしまったのは、なんともつらいことです」

君島もおなじほうに目を遣った。

「来年はいい年になることを祈るばかりですね」

花枝は君島のほうに向きなおった。

「いろいろあったけど、一年の締めくくりに、こうしてあなたと向き合って食事ができれば、それでぼくは充分しあわせなのだが」

君島が目を向けると、花枝はわずかに目をそらせた。

「失礼します。そろそろ次のお料理をお持ちしてよろしいでしょうか」

雪が入ってきて訊いた。

「お願いします」

君島が答えた。

君島は前菜をほぼ食べつくしているが、花枝はまだ少し残している。自分勝手だったかと君島はいくらかあわてている。

「急がなくても大丈夫ですよ。次はきっとお椀だろうから、松花堂は横によけておいて」

「細やかにお気遣いいただいてありがとうございます」

花枝がくすりと笑った。

「お待たせしました」

せわしくノックして、鈴本がドアを開けた。

「お椀をお持ちしました」

ふたりの前に黒漆の椀が置かれた。

「今日は冷えますすさかい丸吸いにしました。熱いうちに召しあがってください。このあとはお造りになりますんで」

鈴本がスタッフをしたがえて下がっていく。

「若いときは、よくスッポンなんてグロテスクなものを食べるひとがいるものだと思ったものですが、いつの間にか好物になっているのですから、味覚というのは不思議なものですね。いいショウガの香りがすること」

椀を手にした花枝はうっとりと目を閉じ、香りを愉しんでいる。

「味覚は歳とともに変化するものだと言われますが、ぼくはあまり変わらないなぁ」

「男のひとはそうかもしれませんね。うちの主人も亡くなるまでずっと肉好きでした」

「ぼくもおなじだろうなぁ。野菜も食べなきゃとは思うんですが、どうにも手が出なくて」

ふたりがそんな遣り取りをしていると、ノックの音に続いてドアが開いた。

「お造りをお持ちしました。今日はええカニが入りましたんで、冷しゃぶで召しあがっていただこうと思いまして」

鈴本のうしろに控えていた男性スタッフが大皿をテーブルに置いた。

「これはまた立派なカニだねぇ。この青いタグは加能蟹かな」

「さすがによくご存じで。ずっと不漁が続いてたんですけど、やっとええのが入りました」

鈴本が誇らしげに胸を張った。

「身がきれいに透き通っていて美味しそうですね。カニのお刺身なんて本当に贅沢」

花枝が細めた目の先には、加能蟹が九谷焼の大皿に盛られている。雪のように敷き詰められた氷には南天と椿が飾られ、冬ならではの艶やかさを演出している。

「さっと湯通しすると、こんなふうに花が咲いたみたいになるんです。柚子を絞って掛けてもらうだけで美味しいと思いますけど、物足りんようでしたら、二杯酢かポン酢を付けて召しあがってください。にごり酒にもよう合うと思います」

緊張した面持ちで鈴本が料理の説明をした。

「これは殻を手で持って食べたほうがいいな」

君島はひとり言を装いながら、花枝に奨めている。

「和食でフィンガーボールは無粋やと思うたんで、おしぼりを多めに用意しとります。どうぞ遠慮のうお使いください」

鈴本が目くばせすると、十本ほどのおしぼりを入れた竹籠が大皿の横に置かれた。

鈴本たちは下がっていき、ふたりは食事をゆったりと進めた。

殻から身を外すのに夢中になり、ともすればカニはひとを無口にさせるが、その手間が掛からないせいか、ふたりは会話を弾ませている。

年の瀬が近いこともあって、一年を振り返っての話が続く。

「目に見えないものって、強い恐怖を感じるのだとつくづく思いました。家から一歩も出ずに、一週間ほど過ごしたこともありましたもの」

カニの脚を三本ほど食べ、花枝はおしぼりで手を拭ってからグラスを取った。

「毎日毎日感染者の数が増えていきましたから、怖くなって当たり前ですよ。ぼくは梅雨に入ったころからテレビはなるべく見ないようにしていました」

「わたしも。用心はしなきゃいけないんでしょうけど、怖がってばかりいたらなにもできませんしね。もう残り少ない人生なんだから、せいぜい愉しみませんと」

「おっしゃるとおりです。ぼくたち高齢者は重症化することが多いようですから、用心するに越したことはありませんが、かと言って引きこもってばかりいたら、気が滅入ってしまいますよ」

無難な会話は胸を騒がせることもない代わりに、ときめかせることもない。君島は本題に入る前のアプローチを慎重に探っている。

「失礼します。次はフグを焼かせてもらおうと思うてますんやが、お持ちしてよろしいやろか」

鈴本はテーブルの上を見まわし、料理の進み加減をたしかめている。

「いいですよ。ついでにこの甲羅にお酒を入れて炙ってもいいし」

君島が口もとをゆるめた。

「よくそういうことをすぐに思いつきますね」

花枝は首をかたむけながらほほ笑んだ。

「食いしん坊の飲み助というのは、一生直りませんな」

「すぐにご用意します」

君島と目を合わせ、鈴本が苦笑いしながら下がっていった。

「グジにスッポンにカニにフグ。こんな贅沢させてもらっていいのかしら。なんだかバチが当たりそう」

「たまにはいいじゃないですか。今年はいろいろと我慢してきたのだから、最後にぱあっと花火を上げましょう」

「そうですね。最後はぱあっと」

言葉に反して、花枝が声を落としたことに気付いた君島は、顔を曇らせ、あらためてひとの気持ちが複雑なものであることに思いをいたしている。

最後という言葉に、花枝がどう反応したかは、しごく重要なことだと思いつつ、それに左右されることなく、自分の思いはきちんと伝えなければならない。気持ちの揺らぎを花枝に悟られないよう、君島はわざと大きな声を上げた。

「そうそう。この前送ってくださったラ・フランス、とても美味しかったです。ちゃんとお礼も言わずに申しわけありませんでした」

「とんでもないです。こちらのほうこそ、いつもいただくばかりで、たまに実家に帰ったときぐらいはと思いまして。それに、香澄さんの大好物でしたしね」

「憶(おぼ)えてくださっていたんですか。香澄はラ・フランスに目がありませんでした。たしか花枝さんのお生まれは山形でしたね。毎年送っていただくサクランボとラ・フランスは、本当に美味しいですね。ちょうどいい甘さで」

「実家と言っても、もう弟夫婦だけになりましたから、お墓の掃除ぐらいしかすることがなくて。いずれはわたしも入ることですしね」

「そうですか」

君島はホッとしたような顔を窓に向け、花枝が気付かぬほどの、かすかなため息をついた。

「うちの菩提寺(ぼだいじ)は最上川(もがみがわ)沿いにありますので、この夏の洪水のときはずいぶん心配しましたけど、なんとか無事でした」

「うちの墓は鴨川にほど近い寺町通鞍馬口(くらまぐち)にあるのですが、比叡山を望むいい場所に建っているんですよ」

「君島家の菩提寺でしたら、さぞや由緒正しいお寺なのでしょうね」

「『天寧寺(てんねいじ)』と言いましてね、天正年間に創建されたと聞いてますが、もとは会津城下にあったらしいんですよ」

「会津からですか。めずらしい歴史のあるお寺なのですね。お墓に入ってからも比叡山を眺められるなんて贅沢だこと」

花枝が窓の外を見た。

「失礼します。ちょっと煙が上がるかもしれません。お召しものに匂いが移らなければいいのですが」

雪が大きな布エプロンを手に、花枝の傍らに立った。

「ふだん着ですから、どうぞお気遣いなく」

花枝が襟元に手を遣った。

「炭火が爆(は)ぜることもありますさかい、エプロン着けてもろたほうがええと思います」

花枝に目を向けながら、鈴本が大ぶりの飛騨(ひだ)コンロをテーブルの真ん中に置いた。

「フグは刺身で食べるより、焼いたり揚げたりしたほうが旨みが増すような気がするな」

伊万里の大皿に盛られたフグの切身を見て、君島が舌なめずりしている。

「宗一郎さんは本当に食いしん坊なんですね」

少しばかり酔いが回ってきたのか、エプロンを着けた花枝は頰を紅く染めて笑った。

「骨付きの身と骨なしの身と両方焼きますけど、骨なしのほうはお造りでも食べられる身なんで、さっと炙ったら、柚子塩を付けて召しあがってください。骨付きのほうはポン酢ダレに漬けこんでますさかい、じっくり炙らせてもらいます。もみじおろしをようけ載せて食べてください」

鈴本が網の上にフグのアラ身を並べると、滴りおちたタレから煙が上がり、小さな火の粉が飛んだ。

「気を付けてくださいよ。花枝さんは少しうしろに下がったほうがいいかもしれません」

君島の言葉にうなずいた雪が、花枝の椅子をいくらかうしろに引いた。

「大丈夫ですよ。子どもじゃないんですから、火の粉ぐらい避けられます」

花枝は身体を左右に揺らし、おどけてみせた。

「骨なしのほうはもう食べられそうだね」

君島は網の上を見まわしている。

「どうぞ」

菜箸でフグの身を取り、鈴本が花枝の取り皿に載せた。

「まぁ立派な身ですこと。薄いお造りなら何枚になるかしら」

「五、六枚は取れるんじゃないか」

君島が言葉をはさむと、鈴本は笑いながらうなずいた。

「ぜんぶこちらで焼かせてもらいましょか。それとも……」

「このあとの料理はどんな感じかな。前菜の松花堂がたっぷりだったから、だいぶお腹も大きくなってきたのだが」

君島の問いかけに、傍で控えていた雪が答える。

「このあとはご飯ものをと思っておりまして、スッポンかカニかフグのお雑炊、もしくはリゾットやピラフなどもございます。その前にもうひと品ということでしたら、ヒレステーキなどのお肉もご用意しております」

「さすがに、もうお肉は入らない感じだな。雑炊もいいけどピラフってのが気になるね」

同意を求めるように君島が目を向けると、花枝が大きくうなずいた。

「ピラフってなんだか長いこと食べてないような気がするので、お願いしたいですね」

「じゃあそうしましょう。うまく焼けるかどうか自信はないけど、フグはぼくが焼くことにします」

君島がジャケットを脱ぐと、すかさず雪はそれを受け取った。

「お酒はどないしましょ。焼フグによう合う吟醸酒も用意してますけど」

「だいじな話が残っているから、今はこれで充分です」

鈴本の問いに君島が答えると、花枝は背筋を伸ばし、口もとを引きしめた。

「承知しました。それではピラフをご準備させていただきます。少々お時間をちょうだいいたしますが、お客さまのよろしいときにお持ちしますので、そちらの室内電話をご利用ください。それでは、ごゆっくり召しあがってくださいませ」

ジャケットを手にして雪が一礼した。

「骨なしはさっと、骨付きはじっくり、按配よう焼いてください」

心配そうな顔を残して鈴本が部屋を出ると、雪もそれに続いた。

2

ふたりだけが残った部屋に、炭の爆ぜる音だけが響く。君島は焼フグに柚子塩を付けて口に運んだ。

「あっさりとして美味しい」

「贅沢の極みをいただきます」

花枝はまじまじと見てから口に入れた。

「ふくよかなお味ですね。柚子の香りも奥ゆかしいし」

「さてと、責任重大ですね。失敗しないように、骨付きのほうが無難かな」

白いシャツの袖をまくり、菜箸を手にした君島は、フグを選びながら、ひとりごちた。

向かい合う花枝は、菜箸を持つ君島の手元をじっと見つめている。

骨付きの身をふたつ網の上に並べ、君島は酒で喉をうるおした。

大皿に盛られたフグの身を、君島が手際よく焼いていき、花枝はそれを見守りながら、順に口に運ぶ。繰り返すうち、染付の紋様が少しずつ見えはじめる。天に鶴が飛び、地に亀が這っている。ふたりはそれをぼんやりと見ていた。

フグが残り少なくなったときである。

「この前の……」

ふたりがおなじ言葉を同時に口にし、目を大きく開いて見つめ合った。

「どうぞお先に」

グラスを置いて、君島が手のひらを上に向けた。

「宗一郎さんからお先に」

花枝が小さく会釈した。

「いえいえ、レディーファーストですから、花枝さんからどうぞ」

君島にうながされた花枝は、両手をテーブルの上で揃え、視線をまっすぐ前に向けた。

「この前のお話は、大きな驚きでもありましたし、同時に限りない喜びでございました。わたしのような者と一緒に暮らしたいと、夢のようなお申し出に、いくばくかの不安もございましたが、浮き立つ気持ちをずっと抑えきれずにおりました」

「ありがとうございます。そのお話ですが……」

君島は言葉をはさもうとして、残り少なくなった酒を花枝のグラスに注いだ。

「ただ、わたしひとりで決断するわけにはまいりませんし、ご先祖さまのお墓にご報告をし、息子と娘に相談いたしました」

「ラ・フランスはそのときの……」

君島は軽くうなずき、自らの思いをはさむことなく話の続きを聞くことにした。

「子どもたちは宗一郎さんの人となりは先刻承知なので、もろ手をあげて賛成してくれるものと思っておりましたが、思いがけず猛反対されてしまったんです」

花枝が目を伏せた。

「そうでしたか。それは……」

言葉を続けようとして、君島はそれを呑みこんだ。

花枝は君島と目を合わせることなく、グラスをゆっくりとかたむけて続ける。

「ふたりが口を揃えて申しますには、宗一郎さんのことは信頼しているし、とてもいい人だと思っている。母にはもったいないほどの人物だし、こんなありがたい話はない、と」

「ありがたいお言葉です」

君島が短く言葉をはさんだ。

「でも君島家には入らないほうがいい、と熱っぽく語りましてね。なぜ？　と問いますと、きっと周囲から財産目当てだと思われるから、ふたりともがそう申しました」

「いや、……」

君島はすかさず口を開こうとして思いとどまった。

「この歳をしてお恥ずかしいことですが、本当にわたしは世間にうとくて、宗一郎さんの資産のことなど気にも掛けておりませんでした。ですので、まさか子どもたちの口から財産目当てなどという言葉が出るとは、夢にも思っておりませんでしたし、それを理由にして反対されるなど、みじんも思っておりませんでした。大きなショックを受けましたが、言われてみればそのとおりだと思うようになりました。山形のふつうの家に生まれて、今は細々とお花の教室を開いているわたしと、京都の名家を守り継いでいらっしゃる宗一郎さんとでは、釣り合いが取れるわけありませんよね。他人のやっかみはともかくとして、君島家の方たちが訝（いぶか）しく思われても当然でしょう。せっかくのお話を無にしてしまうことに胸が痛みますが、つつしんでご辞退させていただければと思います。大変もうしわけありません」

立ちあがって深く腰を折った花枝の頬を涙が伝った。

「とんでもない。謝らなければいけないのはぼくのほうです。どうぞお座りください」

君島は花枝の傍に回りこんで頭を下げた。

「願ってもないお話をいただきながら、どうぞ無礼をお許しくださいませ。子どもたちは最後の判断をわたしにまかせてくれましたので、決断したのはわたしです」

花枝と君島は頭を下げあっている。

「レディーファーストなどと言わず、やはり先にぼくがお話をすべきでした。本当にどうぞお掛けください。だいじな話をさせていただきますので」

君島の言葉を聞いて、ようやく花枝が腰をおろした。

「失礼なことばかり申しあげて」

花枝が声を落とした。

「いえ。失礼なのはぼくのほうです。ぼくからプロポーズしておきながら、それを取り下げようと思っていたのですから」

君島が花枝をまっすぐに見た。

「今、なんておっしゃいました？　耳が悪くなったのかしら」

「自分から言っておいて、これほど無礼なこともないと思いますが、あの話はなかったことにしていただこうと思っておりました。なので、ホッとしたというのが今の正直な思いです。無礼を心よりお詫びいたします」

テーブルに両手を突き、中腰になって君島が頭を下げた。

「わたしには、まだお話が呑みこめないのですが、宗一郎さんのお気持ちが変わったということでしょうか」

困惑の表情を浮かべながら、花枝が気ぜわしく指を組みかえている。

「とんでもありません。これから先、あなたと一緒に暮らしていきたいという気持ちは、まったく変わっておりません。気持ちは変わっておりませんが、ぼくの環境が大きく変わることになってしまったのです」

君島は肩を落とし、深いため息をついた。

「環境と申しますと？」

花枝が身を乗りだした。

「ご承知のように、コロナ禍は人々の生活を大きく変えました。多くの方が外出を控えるようになり、それに伴ってうちの製品も売れなくなってしまって、業績が急激に悪化しました。なんとか立て直そうと次々と手を打ったのですが、それが裏目に出てしまったこともあって、大幅な赤字を計上するはめになってしまいました。会社を存続させるためには、ぼくが身を引いたほうがいいだろうと結論を出し、専務を社長に昇格させ、ぼくは退職することにしました」

君島がピンバッジをはずしてテーブルに置いた。

「そうだったのですか。そんなに悩んでらしたとは、ちっとも存じ上げなくて。お稽古にいらしたときも、そんな気配はみじんも感じませんでした」

「お花の稽古をしているときは、唯一気が休まる時間でした。感謝しています」

「でも、それとこのお話とは……」

　花枝が首をかしげた。

「会社をよそに放りだしてしまうような無責任なことはできませんので、ぼくの持ち株はすべて会社に譲渡しました。もちろん退職金は受け取りませんし、今後はいっさいの役職にもつきません。つまりぼくは無職のプータローになってしまうのです。そんな状況のぼくが、あなたと一緒になるなど、とんでもない話です。これから先、どんな苦労が待ち受けているか、想像すらつきませんが、ジイサンひとりなら、なんとかなるでしょう」

　君島が顔半分で笑った。

「宗一郎さんらしいお話ですね。ご自分のことより、会社をたいせつになさるなんて」

「そんなかっこいい話じゃありませんよ。無様な負け戦をしてしまいました」

　君島が窓の外に目を遣った。

「世のなかって本当に分からないものですね。宗一郎さんの口から、まさかこんなことをお聞きするとは」

花枝が深いため息をついた。

「申しわけありません。ただただお騒がせしたことを詫びるのみです。ご家族にもどうぞよろしくお伝えください」

「分かりました。申し伝えます」

「さ、残りをいただきましょうか。お伝えして気持ちも軽くなりましたし」

君島が残ったフグを網に載せると、パチパチと炭が爆ぜた。

「あら、そんなにわたしのことが重荷だったのですか？」

花枝が小鼻を膨らませた。

「違いますよ。あなたが、ではなくて、重い話をずっと抱えていたという意味です」

君島が真顔で反論した。

「分かってますよ。ちょっと言ってみただけです」

花枝がいたずらっぽい笑顔を君島に向けた。

「そんなにいじめないでくださいよ。満身創痍（まんしんそうい）なのですから」

君島はフグの身を花枝の取り皿に載せながら、額に薄（うっす）らと汗を浮かべた。

「そうでしょうか。わたしには意気軒昂（いきけんこう）に見えますけど」

花枝は手づかみでフグのアラ身を食べている。

「カラ元気というやつです。一兵卒から出直しですから、カラでも元気を出さないと」

君島が大皿に残った最後のふた切れを網に載せた。

「隠居なさるには早すぎますものね。これからどんなお仕事をなさるんです？」

食べ終えて、花枝が口もとをナプキンで拭いた。

「会社の引継ぎをして、それが一段落したら、そうだなぁ、今まで主に作る側だったので、売る側にまわってみたいですね。さいわい嵯峨の自宅は敷地も広いので、小さな店を建てるぐらいのスペースはあります。セレクトショップを開くのは、むかしからの夢だったのですが、まずは会社が軌道に乗るのを待つことにします」

君島が手酌で酒をグラスに注いでいる。

「セレクトショップ、いいですね。宗一郎さんの夢を実現するのに、お手伝いさせていただけますか？」

「え？」

君島はボトルを持ったまま固まってしまった。

「嵯峨って生花の聖地なんですよ。そんなところで、宗一郎さんのお店をわたしの花で飾ることができれば、少しはお役に立てるのかしらと思いまして」

花枝が息も継がずに語った。

「花枝さんに店を彩ってもらえるなんて、まったくもって夢のような話ですが、ご承知のようにぼくは不肖の生徒ですから、毎日花の手入れをする自信がありません」

「曲がりなりにも生花を生業にしているわたしが、生けっぱなしなんて無責任なことをするものですか。毎日ちゃんと手を入れさせていただきますよ」

迷いのない澄んだ目で、花枝がきっぱりと言い切った。

「重ね重ねもありがたいお話ですが、さっきも申しあげたように一兵卒としてスタートすることになりますので、静岡から毎日通っていただく交通費など、とても捻出できそうにありません。せっかくのお申し出ですが、お気持ちだけありがたく受けとめさせて……」

「お話がかみ合っていないようですね」

手のひらを突きだし、花枝が君島の話を制した。

「と言いますと？」

君島は怪訝な顔つきを花枝に向けた。

「この歳で毎日静岡と京都を往復するなど無理に決まっていますよ。京都に住むんです。そう言ってくださっていたじゃありませんか」

「でも、さっきあなたは……」

君島はぽかんと口を開いたままだ。

「さっき申しあげたとおりです。宗一郎さんの財産目当てに一緒になったと思われたくない。その障害が取りのぞかれるのなら、子どもたちが反対する理由もなくなりますし、わたしも安心してお話をお受けできます」

花枝の視線を受けとめ、君島は瞳を潤ませはじめた。

「ありがとう。ぼくにはまだ信じられないのですが、夢を見ているのではありませんよね」

君島が手のひらで両頬をはたいた。

「夢を見るのはこれからじゃありませんか。宗一郎さんとおなじ夢を見させてくださ い」

「そうは言っても、銀行が融資してくれないとショップも作れませんし、これから歩いていくのはいばらの道だと思いますが、それでもおなじ夢を追いかけてくださるのですか？」

「いばらの道だからご一緒したいと申しあげているのです」

花枝が唇をまっすぐ結んだ。

「ありがとう。不甲斐ないぼくには、それしか言葉が見つかりません。実は、今日でお会いするのは最後だろうと思って、お別れのプレゼントをおわたししようかどうか、ずいぶん迷ったのですが、受け取っていただけますか」

君島はクラッチバッグから小さな包みを取りだすと、テーブルに置いた。

「お別れのプレゼントなんて受け取れませんが、契りの贈り物なら喜んで」

花枝は、白い和紙に白い水引が掛かった包みに目を遣った。

「どうぞ開けてみてください」

君島にうながされて花枝が包みを解くと、小さな桐箱が現れた。

「ひょっとして」

花枝が目を輝かせて桐箱の蓋を開けた。

「ずいぶん探しました。やっと知り合いの古美術商が見つけだしてくれて」

「本当にあったんですね」

花枝が桐箱から取り上げた帯留めを帯の上から当ててみせた。

「社長室に飾ってあった富本憲吉の花瓶をご覧になって、この〈花〉という字の帯留めがあったら欲しいとおっしゃったときはあわてましたよ。ありそうな気もしましたが、手に入れるのは至難の業だろうと思っていました」

「ごめんなさい。思ったことをすぐ口に出してしまうのは悪いクセなんです。でも本当に嬉しい」

花枝が帯留めに頬ずりした。

「よろこんでいただけて何よりです。この歳で気恥ずかしいですが、婚約指輪代わりということで」

頬を赤らめて、君島が酒を飲みほした。

「ありがとうございます。なにもお返しはできませんが、宗一郎さんの夢が叶うように、精いっぱいお手伝いさせていただきます」

腰を浮かせて花枝が頭を下げた。

「こちらこそ」

あわてて立ちあがった君島もおなじように頭を下げ、顔を見合わせたふたりは同時に相好を崩した。

「なんだかジェットコースターに乗ってるようでしたね」

「ぼくの一番苦手な乗り物です」

君島が苦笑いし、室内電話の受話器を取った。

「お話に夢中でうっかりしてましたね。ずいぶん時間が経ってしまって」

袖をまくって花枝が腕時計に目を遣った。

「遅くなって申しわけないが、ピラフをお願いしていいかな。よろしく」

君島が受話器を置いた。

「こんな時間からご迷惑じゃないでしょうかね」

花枝が心配そうな顔を君島に向けた。

「きっともう準備しているはずだから、今さら要らないとも言えないしね」

「そりゃそうですけど」

花枝が言葉を返すとノックの音がして、雪が部屋に入ってきた。

「お飲みものはいかがいたしましょうか。ほかにも日本酒をご用意しておりますし、ピラフですから白ワインなども合うかと思います」

雪が訊いた。

「遅くなってしまったからお茶にしておくよ。いつまでも居座っていると、調理場にも迷惑を掛けるだろうし」

「とんでもございません。ごゆっくりしていただくのが一番の喜びですから」

雪が帯留めに目をとめた。

「これね、宗一郎さんからいただいたの」

花枝が嬉しそうに帯留めを雪に見せた。

「とっても素敵な帯留めですね。よくお似合いになると思います」

雪が目を輝かせた。

「このひとはね、花に枝と書いて、花枝さんというんだ」

「それで〈花〉という字が描いてあるんですね。わたしも〈雪〉が欲しいです」

雪が君島に笑顔を向けた。

「富本憲吉はよく〈風花雪月〉という字を描いていたから、〈雪〉もありそうだね」

君島がやさしく笑った。

「今になって申しわけないのですが、わたしのピラフは量を少しにしていただけますか。お腹もですが、なんだか胸がいっぱいになってしまって」

花枝は帯留めをそっと撫(な)でている。

「ぼくも少なめにしてください」

君島が続いた。

「承知しました。もしよろしければ七階のバーでお召しあがりになりませんか？　食後酒と一緒にゆっくりしていただけますし」

「そいつはいいね。『アンカーシップ』なら長居しても迷惑にならないから」

雪の提案に君島が即答した。

「ありがとうございます。それではすぐに支度を整えてお迎えに参りますので、しばらくお待ちください」

言うが早いか、雪は急ぎ足で部屋を出ていった。

◆

七階の南東角にあるバー『アンカーシップ』は南北に延びる東向きのカウンターバーと、西側の壁沿いに並ぶソファシートに分かれている。君島と花枝は雪の奨めにしたがって、南西のソファシートに並んで腰かけた。

暮れも押し迫っているせいか、カウンターの北端に座る若いカップル以外に客はいない。

船室をイメージした店内には照明のランタンが下がり、錨、ブイなどが飾られ、デッキを思わせる木の床と落ち着いたエンジ色のシートが、客船の雰囲気を醸しだしている。

「セレクトショップが軌道に乗ったら、船旅でもしてみたいものだね」

「どんなショップになさるおつもりですか？」

「まずはあなたの活ける花を彩る花器。あとは食器だとか、ぼくの好きな文房具とかね。まぁ、完全に趣味の世界ですね。売りつけるんじゃなくて、好んで買ってくださるのを待つ店。あくせくせず、あくまで優雅にいきたいものだ」

「そんなうまくいくものですか。一兵卒さんは死に物狂いで働かないと。わたしも身を粉にして仕事しますから」

「ありがとう。頼りにしています」

向かい合って座っているときに比べ、横に並んでいるとふたりの心の距離も縮まる。

「お待たせいたしました。当ホテルから花枝さんへのプレゼントでございます」

雪がシャンパーニュのボトルを差しだした。

「まぁ、きれいな花柄のボトル。これをわたしに？」

「ペリエ ジュエ・キュヴェ ベル エポックじゃないか」

ふたりは目を輝かせている。

「お祝いごとだろうと勝手に判断してしまいましたが……」

雪がふたりの顔を交互に見ると、花枝は顔を赤らめ、君島は笑顔でこっくりとうなずいた。

「おめでとうございます。安心して注がせていただきます」

ホッとしたように口もとをゆるめ、雪がコルク栓を抜きはじめた。

「ありがとう。相変わらずユキちゃんの勘は冴えてるね。ついさっきお祝いごとになったばかりで、それまでは弔いごとみたいだったんだよ」

君島が横を見ると、花枝は目を合わせてほほ笑んだ。

「お待たせしました。ピラフをお持ちしました。て言うてもうちは和食なんで炊き込みご飯みたいなもんですけど」

鈴本が蓋付きの茶碗をふたりの前に置いた。

「遅い時間から無理を言って申しわけなかったね。しかも少量でいいとまで言って」

「炊き込みご飯とおっしゃいましたけど、香りはピラフですね」

蓋をはずして花枝が薫りを愉しんでいる。

「これは伊勢海老かな？」

湯気の上がるピラフを見て、君島が鈴本に訊いた。

「はい。どうやらお祝いごとらしいて聞いたもんですさかい、伊勢海老のピラフにさせてもらいました。バターを使うてサフランライスで仕上げてます。最初は一尾まるごとと思うてたんですが、少なめをご希望やということで、刻ませてもらいました。鯛で出汁を取ったスープも添えてますんで、どうぞゆっくり召しあがってください」

「なにからなにまで、細かく気遣ってくれてありがとう」

目を潤ませて君島が箸を付けた。

「おめでたいだけでなく、とっても美味しいですわ」

花枝が大きくうなずいた。

「ほんとですね。和食なのにちゃんとピラフになっているのがいい」

「気に入ってもろてホッとしましたわ」

鈴本が運び盆を手に一礼した。

「おかげさまで一生の思い出に残るお食事になりました。ありがとうございます」

目に涙をためて、花枝がこうべを垂れた。

「本日も『京都スタアホテル』をご利用いただきありがとうございます。このあともどうぞごゆっくりお過ごしくださいませ」

瞳を潤ませて雪が深く腰を折ると、鈴本が続いた。

◆

こうして、わたしの勘はみごとにはずれ、白川と鈴本が完全勝利を収めることになりました。長年の経験に基づく直感には、絶対的な自信を持っておりましたが、ずいぶん鈍(なま)ってしまったようです。いやはや歳は取りたくないものです。

ひとつだけ言い訳をさせていただくなら、当初は君島さまご自身も、お祝いごとにはならないと思っておられたはずです。わたしはその空気を察知して対処したのですから、まんざら見当違いではなかったと思っておりますが、負け惜しみに過ぎないですね。

ホテルというところでは、さまざまなドラマが繰り広げられますが、神さまが台本をお書きになったとしか思えないような、意外な結末が待ち受けていることも決して少なくありません。

わたしたちホテルスタッフは、表舞台に立つことなく、裏方として精いっぱいお手伝いさせていただくことを、無上の喜びといたしております。次はどんなドラマが繰り広げられるのか。願わくは、今日のようにしあわせな結末になるよう祈るばかりでございます。

第二話　『綾錦』のひとり鮨

ホテルのレストランというものは、前もってご予約いただくお客さまばかりではございません。飛び込みと申しますか、いきなりお越しになるお客さまも少なくありません。

料飲部門を統括する支配人としての立場から、本音を正直に申しあげれば、たとえ直前でもけっこうですので、ご予約をちょうだいできればありがたいところです。

カフェラウンジやバーなどはご予約をいただかなくても、まったく問題ないのですが、きちんとお食事を召しあがるとなれば、それなりの心づもりと申しますか、準備が必要になります。

それもこれも、スタッフ一同最善を尽くしてお客さまをお迎えしたいという、強い思いからのことでございます。なかには予約が面倒だとおっしゃるお客さまもおられますので、絶対条件というわけではありませんが。

和洋中すべてのレストランスタッフはおなじ思いですが、とりわけ鮨カウンターの『綾錦』などは事前のご予約がベストかと存じます。なにしろほぼすべてが生のネタでございますから、仕入れにもずいぶんと気を遣います。営業効率を考慮しますと、無駄に多く仕入れることはできませんし、かと言って最小限の仕入れに留めますと、お客さまに充分愉しんでいただくことができません。

と申しますのも、『綾錦』の大将を務めております鮨職人川瀬隼太の方針で、鮨カウンターではおまかせコースを設定せず、お好みで召しあがっていただくようにしておりますので。

川瀬いわく、お鮨の愉しみは、おまかせではなくお好みにあり、なのだそうです。最近のお鮨屋さんはおまかせコースがほとんどなので、少々時代に逆行している感はございますが、それもまた『京都スタアホテル』の持ち味であると自負しております。

そういうわけですから、『綾錦』ではおひとりさまも少なくありません。

盛夏のみぎり、という言葉がふさわしい今宵も、女性のお客さまから、おひとりでのご予約をいただいたところでございます。おなじみのお客さまですから、川瀬も先方のお好みを熟知しております。きっと手ぐすねを引いて、お待ちしているものと思います。

◆

鮨カウンター『綾錦』は地下一階レストラン街の北東角にある。レストラン街の東側は和食、西側は中華料理と分かれていて、和食のほうは『綾錦』の他に、『鍋酒茶屋なべ星』、天ぷらカウンター『天星』、の二店がある。

地下は眺望が得られないので、その代わりを果たすような中庭が設えられている。中華のほうはエスニックガーデンふうだが、和食のほうは日本庭園を模した庭が配されており、『綾錦』の前には小さな池が造られていて、石橋を渡って暖簾をくぐる仕掛けが施されている。

暖簾の下に並んで待っているのは、支配人と呼ばれている、料飲部長の北大路直哉と、チーフマネージャーの白川雪だ。

「鴨川さまがこの前お越しになったのは四月二十日だったから、三か月近くあいだが開いたね」

北大路は地下へ降りて来るエスカレーターから目を離さずにいる。

「はい。二か月空くことがありませんでしたからめずらしいと思います」

雪も北大路とおなじほうに視線を向けている。

ふたりが待ちかまえているのは、鴨川こいしである。こいしは『東本願寺』の傍らにある『鴨川探偵事務所』の所長だ。探偵とは言っても、思い出の食捜し専門という一風変わった仕事をしている。

こいしには流という父親がおり、実際に食捜しをするのは父親の流のほうなのだ。肩書は所長となっているが、こいしはもっぱら依頼者の話を聞き、聞き取りの結果を流に報告する役目を担っている。

『鴨川探偵事務所』は『鴨川食堂』という大衆食堂の奥にあって、食堂の主人は流が務めている。食堂と言いながら、看板も暖簾もあげずに営業しているので、まさしく、知る人ぞ知るという存在だ。

北大路は雪を連れて『鴨川食堂』へ食事に行ったことがあるが、ふたりとも流の料理の腕に驚嘆したのだった。

「この前はお父さまもご一緒だったけど、今日はお嬢さんおひとりだそうだ」

「どうしましょう。大将の前がいいか、端の席がいいか、悩ましいところですね」

「それとなくご本人の意向を探ってみればいいいんじゃないか」

「承知しました」

「お見えになったようだね」

北大路がネクタイの結び目をたしかめ、一歩前に出ると、雪は口角を上げて背筋を伸ばした。

「お暑いなかを、ようこそお越しくださいました」

北大路が一礼すると雪がそれに続く。

「お揃いでお出迎えいただくやなんて、緊張してしまいますやんか」

ふたりに顔を向けて、鴨川こいしが両肩をすくめた。

「どうぞお入りください。外は暑かったでしょ？」

雪が暖簾をまくって手を奥へと差し向けた。

「暑いてなもんやないですわ。日が暮れてからも昼間の熱気が残ってますし」

こいしは手のひらで顔を扇いだ。

「それでは鴨川さま、どうぞごゆっくりお過ごしください。ご希望がございましたら、なんなりと川瀬にお申しつけくださいませ」

北大路は暖簾の下で見送った。

「うちみたいな客をこない丁寧に扱うてもろたら、ほんまに恐縮しますわ」

　雪の背中を見ながら、こいしは敷石をひとつずつ踏みしめて奥へと進む。

「なにをおっしゃいますやら。鴨川さまは三代にわたってご愛顧いただいているお客さまですから」

「たしかに、おじいちゃんもお父ちゃんも『京都スタアホテル』で披露宴しはったさかい、三代は間違いないけど、うちは当分その予定もないし、たいして売上にも貢献してへんさかい、なんやお尻のへんがこそぼうなりますわ」

　こいしの言葉を聞いて、雪がくすりと笑った。

「さすがにこの暑さだとお客さまも少のうございまして、この時間ですとカウンターはお好きなお席をお選びいただけますが、いかがいたしましょう？」

「大将の前でもいいですか？」

　雪の問いかけにこいしが返した。

「もちろんでございます」

　雪がカウンターの真ん中の席へこいしを案内した。

「ようこそ」

　待ちかまえていた大将が包丁を置いて一礼した。

「急にお鮨が食べとうなったんで、間際の予約ですんません」

雪が引いた椅子にこいしが腰かける。

「とんでもないです。思いだしてもろてありがたいです。今日もええネタが揃うてますさかい、ゆっくり愉しんでいってください」

大将が木のネタ箱をこいしに向けた。

「お飲みものはいかがいたしましょう？」

雪が訊いた。

「喉からからやし、とりあえずよう冷えたビールをお願いします」

「かしこまりました。いつものサイズで生ビールをご用意いたします。少々お待ちくださいませ」

こいしに冷たいおしぼりを出して、雪が下がっていった。

「大将のお鮨をいただくのは三か月ぶりぐらいと違うかなぁ」

木箱のネタを覗きこみながら、こいしはおしぼりで手を拭っている。

「どこかええ鮨屋でも見つけはりましたか」

大将はワサビを擂っている。

「とんでもない。お鮨を食べとうなったら『京都スタアホテル』が頭に浮かびますし、ほかのお鮨屋さんで浮気しようなんて思うたことないですよ」

「ありがたいことです。どうしましょ？　少し切りましょうか。それともツマミを召しあがりますか？　いきなりお鮨でもいいですし」

大将が訊いた。

「最初はちょこちょこっとツマミをもらおかな。お造りは要りません」

「承知しました。ほな三、四品ツマミを出させてもろて、そのあとは握りにさせてもらいます」

屈みこんだ大将は、台下の冷蔵庫からアルミのバットを取りだし、小さな七輪をその横に置いた。

「ええハモやねぇ」

「さっと炙って塩で食べてもらいますわ」

大将がハモの骨切りを始める。シャリッ、シャリッとリズミカルな音をたてるのを、こいしは細い目で見つめている。

「お待たせしました。よく冷えてると思います」

雪がグラスに入った生ビールを、こいしの前に置いた。

「ほんまや。指やら唇がグラスにくっつくんと違うやろか」

こいしはそっとグラスを持って口に近づけた。

「塩はあててありますさかい、お好みでスダチを絞って食べてください」

大将がこいしの前に出した織部の小鉢には、薄らと焼き色が付いたハモが盛られている。両手を合わせてから、こいしはスダチを絞って口に運んだ。

「熱々のふわふわですね。やっぱり来てよかった」

こいしは満足げに箸を置き、ビアグラスを一気にかたむけた。

「よう冷えた日本酒もありますんで、声掛けてくださいや」

大将は手際よく毛蟹をさばいている。

「ハモの次は毛蟹。バチが当たりそうなほど贅沢やな」

こいしは腰を浮かせて、大将の手元に目を遣った。

「毛蟹はオーソドックスに酢のもんにします。お酢はきつめでよかったんですな？」

「よう覚えててくれはる。甘ったるい酢のもんは苦手です」

こいしが空になったグラスをカウンターに置いた。

「ユキちゃんお願い」

大将が声を掛けると、雪がこいしの傍に立った。

「お代わりなさいますか？　それとも……」

「大将お奨めの、よう冷えたお酒にします」

こいしがビアグラスを雪にわたした。

「承知しました。大将、〈蓬莱(ほうらい)〉の雪中酒でよろしいですか？」

「ボトルごとお願いします」

毛蟹の身を九谷の絵皿に盛り付けながら、大将が雪に目を向けた。

「ウワバミやないですし、一本も飲み切れませんよ」

こいしが目を白黒させた。

「せっかくやさかい、目の前で封切りしようと思うてるだけですがな。飛騨から送ってきたんですけど、雪のなかで貯蔵してあったらしいて、その雪も一緒に届いたんですわ。そのままお出しします」

「雪のなかで貯蔵したら味が変わるんですか？」

「それはどうや分かりませんけど、いかにも涼しい感じがしますやろ」

ふたりが遣り取りしているところへ、雪が酒瓶の入った木桶(きおけ)を運んできた。

「お待たせしました」

雪を詰めた木桶のなかには、淡い水色の四合瓶が入っている。

「これが雪なんや。見た目もきれいですね。ユキちゃんが持って来た雪」

こいしが笑う。

「たしかに」

つられて笑いながら、雪が封を切って大ぶりの猪口に酒を注いだ。

「ええ香りしてますね。雪のなかに埋もれてたんが、一気に開いたていう感じやな」

こいしがゆっくりと猪口をかたむける。

「ユキちゃんと雪。ダジャレ好きのわしでも、それは思いつきませんでした」

毛蟹の載った九谷の皿を、大将がこいしの前に出した。

「お父ちゃんのダジャレ好きが移ったんかもしれませんわ」

こいしは毛蟹の身を箸で取った。

「今日は何が原因で親子喧嘩を？」

ナスの煮浸しを青磁の小鉢に盛り付け、大将が手元から目を離さずに訊いた。

「なんで分かりましたん？」

箸を置いて、こいしがため息をひとつついた。

「こいしちゃんから急な予約が入るときて、たいていそうでしたやんか」

大将が青磁の小鉢を九谷の皿の横に並べた。

「自分ではぜんぜん気付いてへんかったけど、そう言われてみたら、たしかにそうやったかもしれませんね」

「いつでしたか、おひとりで見えたときはたしか、食堂のメニューを絞り込むかどうか、でもめてたんやなかったですか？」

「そうでしたねぇ。なんか、いっつもお父ちゃんとはもめてるなぁ。このナス、よう冷えてて美味しいですね」

　こいしはナスの煮浸しを口に入れてほほ笑んでいる。

「親子で一緒に仕事してはったら、いろいろと大変ですやろ。このあと小さいお椀をお出しして、そのあとはお鮨にさせてもらいます」

　大将は奥の調理場へ顔を向けて合図を送った。

「そうなんですよ。朝から晩までお父ちゃんと一緒やさかい、言い合いになることが多いんです。うちもつい甘えてしまうし」

　手に持った猪口を、こいしがじっと見つめている。

「この前お父さんと一緒にお見えになったときは、仲のええ親子そのものやと感心して見とったんですけどな。わしら娘とめったに口ききませんで。共通の話題もないし、何を話してええや分からん。父と娘て言うたら、たいがいそんなんと違いますやろか。わしから見たらうらやましい親子でっせ」

「そうかなぁ。隣の芝生は青う見えるだけと違いますか？」

こいしが勢いよく猪口をかたむけた。

「お椀をお持ちしました」

着物姿の女性スタッフが、こいしの斜め後ろに立った。

「ありがとう。お鮨の前のプレリュードやね」

こいしが身体を右にかたむけると、女性スタッフは小さな椀をこいしの前に置いた。

「ハマグリで出汁を取った吸いもんです。浮き実はエビとハマグリの真蒸にしました」

「振りユズやのうて、振りスダチですね。ええ香りやわ」

蓋をはずし、こいしが椀を鼻先に近づけた。

「ほんまは夏のハマグリはようないんですけど、今年は大ぶりの肉厚もんが出回ってます」

「すごく美味しいです」

こいしが大将に笑みを向けた。

父と娘の喧嘩の原因は実にささいなことだった。

探偵事務所の仕事が減ってきた昨今、食堂のほうはそこそこ忙しくなり、持ち帰り料理も引き受けるようになったこともあって、昼の営業終わりが三時近くになる日も少なくない。今日もそんな一日だった。

片付けを終え、ようやく昼のまかない料理を食べようとしたところへ電話が鳴り、持ち帰り弁当の依頼があった。電話を受けたこいしが独断で断ると、流が急に怒りだした。

――料理を作るのはわしなんやさかい、勝手に断ったらあかんがな。うちの料理を食べたいて言うてくれたはるのに、無下に断るやなんて、おまえは人でなしや――

注意されるぐらいなら我慢もしたのだが、人でなしとまで言われて、黙って引きさがるわけにはいかない。

――人でなしで悪かったたな。その人でなしを安い給料でこき使うてるのは、どこのどなたさんでしたかいな――

売り言葉に買い言葉とはよく言ったもので、互いに引っ込みがつかなくなり、激しいののしり合いが続いたあと、流はぷいと飛びだしていった。

ひとり食堂に残されたこいしは、どこへも持っていきようのない怒りを収めようと、美味しいものに助けを求めたというわけだ。

真蒸を噛みしめながら、こいしは少しばかり反省しはじめている。

「お注ぎしてよろしいですか？　それとも別のお酒になさいますか？」

傍らに立つ雪が訊いた。

「美味しいお酒やさかい、このままでいきます」

「かしこまりました」

ボトルの水滴をクロスで拭ってから、雪がこいしの猪口に酒を注いだ。

「さてと、何から握らせてもらいまひょ」

こいしの前に檜(ひのき)の盛り板を置き、その隅に大将がガリを載せた。

「やっぱり白身からかなぁ。何がありますか？」

「カレイ、明石(あかし)の鯛(たい)、ヒラメの昆布〆(こぶじめ)あたりですかな」

大将はネタ箱を横目で見ている。

「ほな、それ順番にいってください。一貫ずつでお願いします」

椀を横に置いて、こいしはおしぼりで手を拭った。

「かしこまりました」

大将は酢飯の入った椹(さわら)の櫃(ひつ)を定位置に置きなおし、ネタ箱からカレイを取りだした。

ネタを引き、包丁を置いて、右手を手酢につけ、櫃からシャリを取る。ネタの真ん中にワサビを置き、素早くシャリ玉と合わせて小手返しで握る。煮切りを刷毛(はけ)でひと塗りしたらできあがりだ。

流れるような所作から生み出されたカレイの握りが、檜の盛り板にそっと置かれる。

「やっぱりお鮨屋さんはええなぁ。お鮨を握ってはるとこ見てるだけで、テンション上がりますわ」

こいしが指で握りを取って口に放りこんだ。

「シャリの大きさはこれぐらいでよかったですか？」

大将が訊いた。

「ぴったりです。ほんまに美味しい。やっぱり来てよかったわ」

何度もうなずきながら、こいしが指拭きを使った。

「そないなんべんも言うてもらわいでも」

大将は苦笑いしながら、鯛の皮を引いている。

「せやかて、だいぶ迷うたんですもん。お父ちゃんはどこへ行ったか分からへんけど、どうせ居酒屋ぐらいやろし、自分だけ美味しいお鮨を食べるので気が引けますやん」

「そのお気持ちだけでよろしいがな。流さんも許してくれはりますやろ」

大将が鯛の握りを出すと、すかさずこいしは指でつまんだ。

「余計なことさえ言わへんかったら、ええお父ちゃんなんやけどなぁ」

「余計なこと言うのが親の役目です」

昆布で〆たヒラメの身を引いて、大将が手早く握った。

「頭では分かってるんですけど、ついこっちが暴れますねんよ」

こいしがこぶしで胸をたたいた。

「お互いに言いたいことを言い合える。ええ親子やないですか」

大将がヒラメの握りを出した。

「昆布で〆ると、ネタがなまめかしい見えますね」

こいしは、しばらく眺めてからヒラメの握りを口に運び、流の言葉を思いだしている。

――身ぃが味ないさかい昆布〆にするんと違うで。昆布と添い寝させて深みを出すためや。刺身っちゅうもんは、なんでもかんでも鮮度が命やと思うたら大間違いや。人間でもそうやで。いろんな経験を積んでこそ深みが出よる。若いっちゅうことは武器にもなるけど、使いこなせなんだら、役に立たん――

付き合いはじめたばかりの鮨職人・浩(ひろし)を相手に、流が滔々(とうとう)と持論を述べるのを横で聞いていて、こいしは頭が痛くなったのだった。こんな口うるさい父親が居るなら、とても付き合えない。きっと嫌われるだろうと思ったのに、なんと浩は、流に心酔してしまったのである。

爾来(じらい)その付き合いは、細々とではあるが今も続いている。もう一歩先に進むことをためらってしまうのは、浩と流が近しくなりすぎたからのような気がしている。

こいしと流が言い争いになったとき、たいてい浩は流側につく。流と一緒になってこいしをたしなめるのが常となってしまい、複雑な思いにかられるのだ。

「おあとはどうしましょ？　赤身か貝か、光りもんも今日はええのが入ってます」

大将の言葉で我に返ったこいしは、あわててネタ箱を覗きこんだ。

「それって、ひょっとしたらシンコと違いますのん？」

ネタ箱の隅で、いぶし銀のように光っている青魚に、こいしは目を輝かせた。

「はい。この時季には欠かせません。天草(あまくさ)から届きましたが、ちょうどいいサイズです」

大将が胸を張った。

「じゃあそれと、青魚続きで〆鯖(さば)をお願いします」

こいしが浮かせた腰をおろした。

「かしこまりました」

自らに気合を入れるかのように、大将が和帽子をかぶり直した。

夏の鮨屋に欠かせないネタのひとつがシンコだ。コハダより小さいが、希少ゆえ仕入れ値は夏のダイヤと称されるほど高い。かと言って青魚に高価な値付けもできず、鮨屋泣かせのネタとも言える。

　鮨屋の誇りを掛けて大将が仕入れたものの伝票を見て、北大路が天を仰いでみせたのは、冗談とも本気ともとれるものだった。

「一年に一回、この季節にシンコの握りを食べられるて、ほんまにしあわせなことですね」

　こいしは合掌してからシンコを手に取った。

「お客さんもそうですやろけど、わしら鮨職人もおんなじです。この時季にシンコを握らせてもらえるのは、ほんとうにありがたいことです。どない高値になっても仕入れさせてもらえるのは鮨屋冥利につきます」

　〆鯖を握りながら大将がネタ箱に目を遣ったのは、次の握りの段取りをしているに違いない。

「光りもんの次はどうしようかぁ。大将のお奨めはなんです？」

「えらそうな言い方になって申しわけないんですけど、お奨めできんネタは置いてません。ぜんぶがお奨めです」

　〆鯖を出し、大将はネタ箱を横目にした。

「そう言わはるやろなぁと思うてましたけど、いちおう訊いてみただけです。ほな貝にします。ホタテと赤貝」

「かしこまりました」

よくとおる声で返事をする大将を、こいしは流と重ねてしまっていた。

注文がとおるたびに包丁を置き、大将が律儀に言葉を返すのは、『京都スタアホテル』の伝統だと、以前に北大路から聞いたことがある。

ホテルの創業者である常磐隆一郎（ときわりゅういちろう）が、欧米のホテルを視察した際、もっとも印象に残った言葉が〈Ｙｅｓ　ｓｉｒ！〉だったという。それを日本ふうに言い換え、あらゆる場面で客からリクエストがあれば、かならず〈承知した〉に相当する言葉を返し、決して〈Ｎｏ〉とは言わないよう従業員を教育した。その伝統が大将にも受け継がれているのだ。

少しばかり形は違っているが、流もまた絶対に〈Ｎｏ〉と言わない姿勢を貫いている。食捜しを依頼され、その依頼内容が多少理不尽なものであっても、こいしが気の向かない態度を取ると、決まってたしなめられる。

――どんなことがあっても、お客さんから頼まれたもんを捜しだすのがわしらの仕事や。気が向こうが向こまいが、捜しださんならんのやで――

諭すようにそう言われると、納得せざるを得ないが、ときに理不尽な依頼だと断ってしまいたくなる。大将の立ち居振る舞いを見るにつけ、プロとして、まだまだ自分は甘いなとこいしは反省している。

「わしの顔に何か付いてますか？」

こいしの視線を感じた大将は、赤貝の殻を開く手を止めた。

「性格は違うんやろけど、仕事ぶりはお父ちゃんによう似てはるなぁと思うて」

こいしは猪口の酒を飲みほした。

「あない厳しいプロのかたまりみたいな流さんに似てるて言われたら、入る穴を捜さんなりませんがな」

大将が屈みこんでおどけてみせた。

「大将がそんなお茶目やて知りませんでした」

こいしは声を上げて笑っている。

「ふだんの大将はいつもこんな感じなんですよ。お注ぎしてよろしいでしょうか」

笑みを浮かべて雪が傍らに立った。

「もうこんな減ってるんや。飲みすぎんようにせんと、またお父ちゃんに怒られるわ」

四合瓶の酒は二割ほども残っていない。雪が注ぐ手元を見ながら、こいしが舌を出した。

「お父さまもこいしさんも本当にお強いですね。どんなに飲まれても、酔っぱらわれたところを見たことがありません」

注ぎ終えて、雪が酒瓶を木桶に戻した。

「外ではふたりとも気ぃ付けてますけど、家でやったら、そら、ひどいもんです。お父ちゃんは酔っぱろうたら、どこでもすぐに寝てしまわはるさかい、ベッドまで運ぶのに往生しますねんよ」

「いつも背筋をぴしっと伸ばして飲んでらっしゃいますから、ぜんぜん想像できません」

雪が笑いを押し殺している。

「それだけおうちでは寛(くつろ)いではるということです。ええことですがな。わしも似たようなもんです」

「大将が酔っぱらわはるとこも想像できしません」

「じつは大将のお酒も底なしなんですよ」

こいしの耳元でささやくと、大将がぎょろりと見開いた目を雪に向けた。

「みんなそんなもんなんや。ちょっと安心しました」

こいしが雪に小声で返した。

「貝のおあとは？」

大将が訊いた。

「そろそろマグロにしようかなぁ」

「今日はボストンの本マグロです。大トロ、中トロ、赤身、どれもいいですよ」

大将がマグロの塊を見せた。

「どれも美味しそうやなぁ。迷いますわ」

「一貫ずついきましょうか。赤身はさっとヅケにして、中トロ、大トロと順番に握らせてもらいますけど」

「ちょっと懐具合が気になりますけど、最後はカードっちゅう手もあるしな。じゃあ清水の舞台から飛び降りるつもりで、一貫ずつ」

少し酔いが回ってきたのか、こいしが高い声を上げた。

「かしこまりました。赤身を漬けますので、少々お時間をいただきます。箸休めにどうぞ」

大将が染付の小鉢を出した。

「きれいなおナスや。お漬けもんですか？」

こいしが小鉢を手に取った。

「泉州の水ナスを糠漬けにしました。包丁を入れると味が落ちますさかい、手でちぎってます。見てくれは悪いですけど、味はええと思います。お酒のアテにはそのままでもええし、お好みでショウガ醤油をつけて召しあがってください」

染付の藍色と一体化したような、ナスの濃紺色は糠漬け独特の色合いである。それを無造作にちぎってあるから、へたをすると食べ残しにも思われてしまいそうだ。調味液で浅漬けにし、薄切りにすれば見てくれは、はるかに上等だろうが、味はきっと雲泥の差があるに違いない。

見た目もだいじだが、味はもっとだいじだ。大将と流はおなじことを言う。

――なんぼきれいに盛り付けとっても、こちゃこちゃ細工してるあいだに、せっかくの焼きたての鮎が冷めてしもうとる。余計な飾りは要らん。笹の葉だけ敷いたらそれで充分や――

浩の店へ食べに行ったとき、流の説教じみた講釈を横で聞いていて、こいしにはうとましいだけだったのだが。

水ナスを口に入れて広がる糠の香りは、母掬子の手に染みついていたのとおなじだ。祖母から伝わる糠床を、まるで宝箱でもあるかのように、掬子はいとおしみながらかき混ぜていた。

どんなときもそれを欠かすことなく続けるうち、いつしか掬子の手は俗に言う糠みそ臭さをまとうようになった。

掬子も生きていたならきっと、おなじようなことを言っただろう。

――見てくれにごまかされたらあかんえ――

掬子の声が聞こえてきた気がして、こいしはまわりを見まわした。

「なんぞありましたか？」

マグロの漬かり加減をたしかめながら、大将が顔を上げた。

「ちょっと酔うてきたかもしれません」

こいしが苦笑いした。

「水ナスはどないでした？」

「糠漬けは久しぶりでしたけど、やっぱり浅漬けより美味しい」

「美味しいていうか、お酒のアテにちょうどええんですやろ」

大将がマグロを握っている。

「ご飯にもよう合うやろ思います。炊きたてのご飯と糠漬け。お母ちゃんを思いだします」

こいしが遠い目を宙に遊ばせた。

「ちょうどええ塩梅に漬かった思います」

大将が盛り板に置いたマグロの握りは、淡いルビー色に濡れそぼっている。

「いただきます」

こいしが箸を伸ばした。

やはりマグロあっての鮨だ。舌から染み入る味わいに目を細め、こいしはそう確信した。

「中トロもええ感じでっせ」

桜色に染まった中トロを盛り板に置く大将は、いかにも嬉しそうだ。

いい食材を料理していると自然と笑ってしまう。流もよくそんなことを言っている。

「とろけますね」

呑みこんでこいしも満面の笑みを返した。

「大トロは舌の上で消えてなくなるかもしれませんで」

ワサビを天盛りにした大トロを、大将が盛り板にそっと置いた。

「たしかにうちはワサビが好きやけど、こんなに載せても大丈夫ですか？」

大トロの握りに天盛りされたワサビは、黒豆ひと粒ほどの量だ。

「しっかり脂がのってますさかい、これぐらいのワサビは飛んでしまいます」

大将の言葉を聞き、おそるおそる口に運んだこいしは、目を丸くして味わっている。

「辛かったですか？」

「ぜんぜん。もっと載せてもらってもよかったかも」

「ですやろ」

大将は、してやったりといったふうに鼻を高くした。

「不思議やなぁ。ヅケやったら、ちょびっとのワサビでもよう効いてたのに」

呑みこんでこいしが首をかしげている。

「脂がのる、っちゅうのはこういうことなんですわ」

「そういうことか。脂がのってたら、たいていのもんは弾（はじ）きかえすていう意味なんですね」

「はい。まさにこいしさんも脂がのってますから、ばんばん弾きかえせると思います」

「ちょっと大将。たいして若いこともない、うちみたいな女が、弾きかえしたらあかんのと違いますか？」

こいしが小鼻を膨らませた。

「それは失礼しました。次から次へ言い寄られて困ってはるんと違うかなと思うてました」

大将がにやりと笑った。

「朝から晩まで、横に仏頂面したお父ちゃんがいるさかい、言い寄るどころか、逃げていかはりますわ」

寂しげな顔を浮かべ、こいしが猪口をかたむけた。

「流さんはそんなつもりやないと思いますけどねぇ」

大将が包丁を研ぎはじめた。

「本人にそのつもりがのうても、まわりから見たら圧が強いんですやろ」

「親子ていうのは難しいもんですな。うちみたいなんもどないかと思いますけど、四六時中一緒も悩ましいんですやろ」

大将は熱心に包丁を研いでいる。

「ひと瓶空きましたけど、おあとはいかがなさいますか？」

雪が酒瓶を見せた。

「いつのまに四合も飲んだんやろ。けど、もうちょっと飲みたいなぁ。アルコール度数の低いので、なんかええお酒ありません？」

　こいしが訊いた。

「それでしたらスパークリング清酒はいかがでしょう。こちらの〈澪（みお）ドライ〉はアルコール度数五パーセントですから、今お飲みいただいた原酒の三分の一以下です」

　雪がうぐいす色のボトルを見せた。

「それにします」

　こいしがきっぱりと言い切った。

「承知いたしました」

　一礼して雪が下がっていった。

「次のお酒も決まったところで、あとはなにを握りましょ？」

「ウニはどうですやろ」

「ええのが入ってますよ。バフンとムラサキとどちらにしましょう」

「ムラサキが美味しそうかな」

「海苔（のり）はどうされます？」

「海苔なしで握ってください」

「かしこまりました」

　大将が塩水ウニを取りだし、手早く握った。

「ウニはお父ちゃんの大好物やさかい、ちょっと気が引けますわ」

「そうでしたね。一度ミョウバンを使ったウニを出して叱られました。ありがたくも怖いお客さまです」

大将は盛り板にそっとウニの握りを置いた。

「食べるもんの話になると、ほんまに怖いぐらい真剣にならはるんですわ。ほかのことは案外ちゃらんぽらんなんやけど」

こいしがウニの握りを口に運んだ。

「お待たせしました。飲み切りサイズでよかったでしょうか？」

雪が〈澪ドライ〉の小瓶をカウンターに置いた。

「三百ミリかぁ。すぐなくなりそうやけど、これぐらいにしといたほうがよさそうですね」

ラベルを見てこいしがうなずいた。

「ありがとうございます。ストックはたくさんございますのでお申しつけくださいませ」

スクリューキャップをはずし、雪がフルートグラスに酒を注いだ。

「シャンパンみたい」

　こいしは細かな泡立ちを見つめている。

「その酒に合いそうなんでしたら、蒸しエビか蒸しアワビですかなぁ」

「両方いただきます」

　こいしが即答した。

　スパークリング清酒と呼ばれる酒は、甘さが先に立ってしまうことが多いのだが、意外にもスッキリした飲み口なのに驚いたこいしは、木桶のなかから氷漬けになったボトルを取りだした。

「なかなかいけますやろ。日本酒がワインの真似せんでもええ、て流さんには叱られそうですけど」

　エビの殻をむきながら、大将が苦笑いを浮かべた。

「ほんまに。大将はお父ちゃんの性格をよう分かってはるわ」

「教わることばっかしですけどな」

　大ぶりのエビを握った大将は、半分に切ってから盛り板に置いた。

「おおきに。この大きさに切ってもろたら、大口開けんと済みます」

　こいしは尾っぽのほうを口に入れた。

「これも流さんに教えてもろたんです。ずいぶん前ですけど、掬子さんと一緒に食べに来られたとき、女の人に大きい口開けさせたらあかんと」

「うちがおじいちゃんとふたりで留守番させられてたときですね。子どもが早よから贅沢覚えたらあかんて、よう言われました」

何かにつけ、いつの間にか流の話ばかりになってしまうことを、こいしは不思議に思うとともに、重苦しさも感じている。

「難しいとこですな。うちもカウンター席は十二歳以下はご遠慮いただいてるんですけど、お叱りを受けることもようあります。子どもを差別するのかて言うて。たしかに小さいときから美味しいもんを食べさせたいて思わはる親御さんもおられますし、しつけが行き届いとったら問題ないのかもしれませんしな」

「出かけるときにお母ちゃんは、いっつも哀しそうにしてはりました。うちに食べさせたいと思うてはったんです」

「父親と母親でうまいことバランス取ってたんですやろ」

大将は蒸しアワビを厚めに切っている。

「お母ちゃんには、もうちょっと長生きしてほしかったですわ」

こいしは瞳を潤ませている。

「はい。蒸しアワビお待ち」

沈んだ空気をふり払うように、大将が威勢のいい声を上げた。

生のアワビは歯ごたえがあって、素朴な磯の香りも魅力になっているが、火をとおしたほうが圧倒的に旨みはのるような気がする。歯を跳ねかえすような固さがなく、噛むほどにジューシーなエキスが身から染みだしてくる。たしかにシュワシュワと泡立つ日本酒にぴったりのネタだ。

喉越しもよく口当たりもいいので、サイダーのようにごくごく飲めてしまう。小瓶はあっという間に残り少なくなった。

アルコール度数が異なる酒を続けて飲むと、酔いの回りが早くなる。どこかでそんな話を聞いたことがあるが、そのとおりだとこいしは思っている。

酔うごとに、胸のなかを覆っている雲が厚みを増していく。

「こうして、美味しいものを作って、ひとをしあわせにするて、ほんまにええ仕事ですね」

「ありがとうございます。そう言うてもらえると料理人冥利に尽きますけど、鴨川さん親子もおんなじやないですか」

大将が巻き簾を拭きはじめた。

「お父ちゃんはそうかもしれんけど、うちは手伝うてるだけで、料理なんかなんにも作ってへんし」

こいしは自らをあざけるように、顔をゆがめて笑った。

「わしもここでこうして、えらそうな顔して鮨握ってますけど、裏でようけの人に支えてもろてるんでっせ。どんな料理でもひとりだけで作れるもんやない思います」

大将が巻き簾をまな板の上に広げた。

「うちが探偵事務所の所長やていうことは、大将にも知ってもろてますよね？」

「もちろんです。わしも捜してほしい食があるんで、お願いに行かんならんなと思うてるとこです」

「探偵のほうも似たようなもんですねん。うちは依頼人の方から話を聞くだけで、実際に捜してきはるのはお父ちゃんやし。言うたら、うちが居らんでも探偵業は成り立ちますやん。食堂かて、うちが居ようが居よまいが、お父ちゃんさえやはったら店開けられます。誰かアルバイト雇うたらそれで済むし」

こいしは深く長いため息をついた。

「そうですやろか。探偵も食堂も、こいしさんあってのことやないですか。流さんひとりやったらうまいこといきませんで」

「大将はやさしいな。なぐさめてくれはるのは嬉しいけど、たいして役に立ってへんていうことは、自分が一番よう分かってます。お父ちゃんの足引っ張ることはあっても、助けになることなんか、ほんまにちょびっとしかないんです」

涙声になって、こいしは目尻を小指で拭った。

「すんません。ちょっと席を外させてもらいます。じきに戻ってきますんで」

一礼して大将がカウンターの奥に引っ込んでいった。

「あたたかいお茶でもお淹れしましょうか」

おしぼりを取り替えて、雪が訊いた。

「はい。お願いします」

ぽつんとひとり残ったこいしは、やがて洟をすすりあげはじめた。

誰もいない店のなかに、ときおり子猫が鳴くような声が響く。

少し間を置いていた雪が、大ぶりの湯呑をこいしの前に置いた。

おしぼりを取り替え、こいしの様子を横目で見て、黙って奥へ戻っていく。

入れ替わりに姿を見せた大将は、咳ばらいをひとつしてから口を開いた。

「わしは口下手やさかい、なぐさめてるようにしか聞こえへんかもしれません。けど、心の底からそう思うてるんでっせ。たしかに表に立たはるのは流さんやと思いますが、こいしさんがお膳立てしてくれはらなんだら、あんじょういかんでしょう」

「おおきに。自分でもそう思うときもあるんです。お客さんもたまにそない言うてくれはるし、自信持って仕事せなあかん。そう思うて自分を励ましたりもするんですけど、よう考えたら、やっぱりうちは要らんのと違うかなと思うてしまうんです」

深い酔いが涙を誘うのか、こいしの目尻から流れた涙がいく筋も頬を伝う。

すすり声がしばらく続き、大将は口をかたく閉じたままネタ箱を整えている。

二、三度洟をすすって、こいしがおしぼりに手を伸ばした。

「おあとはどうしましょう」

大将が口を開いた。

「泣いたらお腹(なか)が減るんですね。なにかもらえます？」

こいしがおしぼりで目元を押さえながら訊いた。

「アナゴかウナギか、巻きもんにしはりますか？」

「アナゴをお願いします」

泣きはらした目で、こいしが茶をすすった。

「かしこまりました」

威儀を正して大将は焼網をコンロに載せた。

『京都スタアホテル』へお鮨を食べに行こう。そう決めたときから、こうなるだろうと、こいしは予想していた。というより、こうしたかったのかもしれない。

朝から晩まで流と一緒に居ると、ときおり目の前に高い壁が立ちはだかることがある。

自分の存在感の希薄さを思い知り、いったい、いつまでこういう暮らしが続くのだろうかという不安が高く厚い壁になる。

乗り越えねばという思いと、壊してしまいたいという思いが交錯し、自分の気持ちをどこへ持っていけばいいのか、分からなくなるのだ。

彼に思いを伝えれば、きっとたしなめられ、分かったフリをすることになる。かと言って、鴨川の河原でひとり泣きするような、みじめなこともしたくない。

こんなときに母が生きていてくれたら、どれほど気持ちが楽になっただろう。泣きごとを言って、いくつもの不満を口にしても、掬子ならきっと黙って聞いてくれたに違いない。甘えさせてほしかった。弱音を吐く自分を包みこんでほしかった。

それが叶わないと分かっていたから、誰かの前で泣きたくなったのだ。

芳ばしい香りが漂ってきた。大将がコンロでアナゴを炙っている。白い身に薄らと焼き色が付き、脂が浮かび上がっている。大将はその白焼の横に煮アナゴを載せた。

「白焼のほうは塩と黒七味、煮アナゴは煮ツメと粉山椒で召しあがってもらいます。

おんなじアナゴでも味わいが違います」

　大将は盛り板の上に二貫のアナゴを置いた。

「おなじネタを別の料理法で味わい分けるていうのも愉しいもんですね」

　こいしは白焼アナゴに指を伸ばした。

「焼くと煮る。おんなじもんでも、調理法を変えることで違う持ち味を引き出せるんですさかい、料理というのはおもしろいもんです」

　大将が意味ありげにこいしに顔を向けた。

「持ち味かぁ。そう言われてみたら、なんとのう……」

　煮アナゴを食べながら、こいしは思いを巡らせているようだ。

「どっちかひとつ選べて言われたら悩みますやろ。両方合わさってひとつの料理やと思いませんか？」

「たしかに。どっちも捨てがたいです。両方食べたらなんや自然と笑えてくる。不思議やなぁ」

　こいしが笑顔を大将に向けた。

「泣いてる赤ん坊でも、おっぱいを飲みはじめたらすぐに泣きやみますでしょ。食べもんいうのは、ひとをしあわせにするんです。食捜しのプロのこいしさんには、こんな話、釈迦に説法でしたな」

　大将が笑顔を返した。

「みっともないとこをお見せしてしもて。お恥ずかしい限りです」

　こいしが両方の肩をすぼめた。

「〆に巻きもんでもどうです？」

「いただきます」

「カンピョウか鉄火か、カッパか、ほかのもんでも巻かせてもらいますけど」

「さっきのマグロが美味しかったし、鉄火とカンピョウを一本ずつお願いします」

「かしこまりました。お茶の差し替えをお願い」

　大将が声を上げると雪が駆け寄った。

「お煎茶でよろしいでしょうか。ほうじ茶もご用意できますすけど」

「煎茶でしっかり酔いを醒ましますわ」

　こいしがにっこり笑った。

「承知いたしました。すぐに熱いのを淹れてまいります」

　雪が安堵の表情を浮かべながら下がっていったのは、こいしが平静を取りもどした
ように見えたからだろう。

大将も口もとをゆるめ、おだやかな顔で海苔を炙っている。

「巻きまで行きつけたんはいつ以来やろう。握り鮨が美味しいさかい、なかなか巻きまでたどり着けへんのですわ」

「そういうお客さんはようけおられます。もったいないことです」

「落語で言うたら、真打のあとから前座の高座を聞くみたいなもんやから、しゃぁないんと違いますやろか」

そう言うと、大将がこいしを一瞥してから、巻き簾に海苔を広げた。

「熱いのでお気を付けください」

雪が大ぶりの湯呑とおしぼりをこいしの前に置いた。

「やっぱりええお茶使うてはるわ。頭も身体もしゃきっとします」

ひと口飲んでこいしが姿勢をただした。

「鉄火からどうぞ。お醬油をひと刷毛してますけど、足らんかったら小皿の醬油をつけてください」

六つ切りにした鉄火巻きを大将が盛り板にそっと置いた。

「この大きさがええんですよね。ぽいと口のなかに放りこめるし」

「手巻きだとこうはいきません」

大将が胸を張った。

「ワサビもええ感じに効いてて。やっぱり巻きもええもんですね」

こいしはあっという間に六切れの鉄火巻きを食べた。

「カンピョウは醤油要らんと思います。ワサビも入れてません」

カンピョウ巻きは四つ切りになっている。

「カンピョウ巻きて久しぶりに食べるけど、なんとのうカッコええなぁ」

指でつまんだカンピョウ巻きを、こいしがしげしげと見ている。

「おそれいります。カンピョウ巻きに代わってお礼を申しあげます」

大将はうやうやしい口調で頭を下げた。

「しみじみ美味しいなぁ。運動会のお弁当に海苔巻きが入ってて、たしか具は高野豆腐と玉子焼きと椎茸（しいたけ）、カンピョウやった。三つ葉が嫌いやったんで食べ残したら、お母ちゃんに怒られて、口のなかに突っ込まれたんを思いだします」

こいしがふた切れ目のカンピョウ巻きを口に入れた。

「さっき、握りが真打で、巻きは前座やと言うてはりましたけど、わしは逆やと思うてるんです」

盛り板にガリだけが残っているのをたしかめ、大将がこいしの正面に立った。

「逆て？」

茶をすすってこいしが訊いた。

「たしかに鮨屋にとって握りは、晴れ舞台の主役みたいなもんですけど、細巻きの鮨は脇役に見えて、実は主役より難しい演技をしとるんです」

「そうですやろか。どんなお鮨屋さん行っても、スーパーのお惣菜売場に並んでるもんでも、細巻きより握りのほうが高いし、えらそうにしてますやん」

「こんなん言うたら、よその鮨屋はんに叱られるかもしれまへんけど、握りは見よう見真似でも、そこそこ恰好つきます。もちろんベテランの鮨職人と新米の職人では雲泥の差がありますけど、そこまではふつうのお客さんには分からしません。握り鮨やていうだけで、ご馳走やて思うてくれはりますさかい、細かい技の差てなもんは、気に掛けはらへんのですわ。せやから言葉を悪ぅしたら、ごまかしが利きます。けど、細巻きはそうはいきまへん。ちゃんとした技術を持っとらんと、真っ当な細巻きはできんのです」

大将は言葉を選びながらも、熱を帯びた口調で一気に語った。

「そう言われてみたら、そんな気もしてきました。カンピョウ巻きなんか、めっちゃ恰好よかったし」

こいしは湯呑を両手で包みこんでいる。

「手巻きは家庭でもできますけど、細巻きはけっこう難しい思いますし、そもそも今は巻き簾を持ってはる家も少ないですやろ。ちょっとやってみましょか」

大将がまな板に巻き簾を広げて続ける。こいしがそれを覗きこむと、雪が斜め後ろに立った。

「巻き簾はつるつるしてる側を表にして、編み糸の結び目を上にします。下のほうに半切りの海苔を広げて底に合わせます。量の加減を手ではかりながらシャリを広げます。このときにどんな具をどれぐらい入れるかを頭に入れとかんなりません。シャリの量が決まったら、具を載せて、ワサビを指で塗ります。そして具が真ん中にくるように場所を考えながら、手早ぅ巻いていきます。強すぎても口当たりが悪いし、弱いと食べるときに巻きが解けます。巻き終わったら、巻き簾をはずして切るんですけど、このときが一番神経を使います。一本を半分に切って、それをまた三つに切る。盛り板にこうして立てたときに、六つの高さがビシッと揃うてんとあきません。そうしないと美しいないんですわ。どうです？　細巻きは手間も掛かるし、神経を使いますやろ。これに比べたら握りは楽、て言うたらまた叱られるかもしれませんけど、途中である程度の修正が利きます。細巻きは、どっか一か所でも間違うたら取り返しができしません。みっともないもんになってしまいます」

大将が盛り板に置いたカッパ巻きを、こいしと雪はじっと見つめている。

「これまで細巻きを軽ぅ見すぎてましたわ。心して食べんとあきませんね」

こいしがそう言うと、雪は何度もうなずいた。

「分かってもろたら嬉しいです。お腹に入るようやったらつまんでください」

大将が巻き簾を布で拭いている。

「お腹はいっぱいやけど、残したらバチが当たりそうやさかい、いただきます」

こいしがカッパ巻きに手を伸ばした。

「ワサビ多めに入ってますんで、気ぃ付けてください」

「それを先に言うてくださいよ」

鼻を押さえながら、こいしが顔をゆがめてむせこんだ。

「お冷をお持ちしますね」

雪が背中を向けた。

「お茶で大丈夫ですよ」

こいしが湯呑をゆっくりかたむけた。

「手順がよう見えるように、多めに塗ってしまいましたんや。すんませんでしたな」

「いえいえ、カッパ巻きはこれぐらいワサビが効いてるほうが美味しいです」

　空になった湯呑に、雪が茶を注ぎ入れた。

「わしも鉄火とカッパはワサビ多めが好きです」

「けど、なんでカンピョウ巻きは六つやのうて、四つに切るんです？」

　こいしが訊いた。

「カンピョウは汁気が残るさかい、折に詰めるときは汁がたれんように寝かせます。折を開けたときにカンピョウ巻きは海苔が見えますすけど、ほかの六つ切りにした細巻きは具が見えます。むかしは海苔巻きて言うたらカンピョウ巻きのことでしたんや。つまりカンピョウ巻きは海苔が主役やということで、むかしのカンピョウはおまけみたいなもんやったんです。けど、今は堂々たる細巻きの王さんや思います。見た目はほんまに地味ですけど」

　大将が答えると、こいしは何度もうなずいた。

「勉強になるなぁ」

「えらそうなことばっかり言うてすんません。最後にもうひとつ言わせてください。さっきから言うてはった、流さんとこいしさんの関係も、握りと細巻きとおんなじと違いますやろか。流さんが食堂の主人をしてはって、探偵でも表で活躍してはる。主役を務めてはるのは間違いないんですやろけど、こいしさんというう細巻きみたいな存在があることで、握りが引きたつんです。さっきも言いましたけど、細巻きは一朝一夕にできるもんやおへん。地味な努力を重ねんことには、きれいな細巻きにならん。まさに、こいしさんそのものやないですか。こいしさんあっての『鴨川食堂』やし、こいしさんがおられなんだら、『鴨川探偵事務所』は成り立たん。わしはそう確信してます」

顔を紅潮させ、大将が言葉に強い力を込めて言い切った。

「ありがとうございます、大将。これで自信持って仕事できます。ほんまに嬉しいです」

唇を震わせるこいしの頬を涙が伝った。

「だいじなお客さんに、えらそうなことばっかり言うて、かんにんしとぅくれやっしゃ」

大将も目を潤ませて、巻き簾を広げた。

「とんでもないです。なんべんもおんなじこと言うて、大将に怒られるやろけど、ほんまに、ほんまに来てよかった」

こいしは泣き笑いしている。

「折をこしらえますさかい、ちょっとだけ待ってくださいや。流さんにおみやげ持って帰ってもらわな。鉄火とカンピョウとカッパの細巻きを」

「なんや、握りと違うんか、てお父ちゃんが言わはったら、さっきの話をしますわ」

こいしがそう言うと、大将と雪が笑い声を上げた。

◆

『綾錦』からお帰りになる鴨川こいしさまをお見送りして、泣きはらした痕がうかがえましたので、少々気に掛かりました。

お帰りになったあと、白川と大将の川瀬から話を聞き、なるほどそういうことだったのかと、ホッと胸を撫でおろした次第でございます。もしや手前どもの不始末があったのではと危惧を抱いたのでございます。

これはホテルに限ったことではなく、お客さま商売全般に通じることですが、接客する側のわたしたちが、どこまでお客さまの胸の裡に入りこめばいいのか。大変悩ましい問題でございます。

ときには今夜のようにお客さまのほうから、悩みごとを打ち明けられることもありますし、意見を求められることもございます。

そんなときの戒めとして、わたくしども『京都スタアホテル』には、創業当初から

〈まっさらの白足袋〉という言葉が言い伝えられております。

これは当ホテルの創業者であります常磐隆一郎が言い遺した言葉であります。

どういう意味かと申しますと、今日のように、お客さまのお悩みに直面したときは、決して土足で踏み込んではいけない、ということであります。本来はお客さまの心のなかまで入りこまないことを旨といたしますが、やむを得ずお客さまの胸の裡にまで入りこむときは、かならずまっさらの白足袋に履き替えてからにしなさい、という常磐の教えでございます。もちろんそれは譬えでございまして、実際に足袋に履き替えるわけではありませんが、その気持ちにならないといけないということです。

大将の川瀬はきちんとその教えを守り、いったん席を外し、心のなかでまっさらの白足袋に履き替えてから、鴨川さまの胸の裡に入りこんで、自分の考えを伝えたと申しております。

お客さまとスタッフとの距離感。これはもう永遠の課題と言ってもよろしいかと思います。今日の川瀬や白川が鴨川さまと保った距離感が正しかったかどうか。つぶさに検証するのもわたし北大路の仕事でございます。

こうして今日もどうにかこうにか、お客さまにご満足いただいてお帰りいただくことができたように思っております。

次はどんなお客さまをお迎えすることになるのか。愉しみでもありますが、身の引き締まる思いでもございます。

第三話 『白蓮』の親子ごはん

京都という土地柄でしょうか。『京都スタアホテル』にお泊まりのお客さまの多くは、お目当ての夕食があるようで、外で食事される方も少なくありません。やはり和食が人気のようで、名の知れた割烹をご自分で予約され、タクシーの手配だけを頼まれることもしばしばございます。

いっぽうで館内のレストランをご利用いただくお客さまは、当日になってからお決めになることが多うございます。

——今夜は館内のレストランで食事をしたいのだが、お奨めはどこでしょうか——

フロントにそんな問い合わせがまいりましたら、料飲部長を務めておりますわたくし北大路直哉の出番です。お好みやご予算を伺い、席の空き状況をたしかめながらご相談し、予約をお取りするだけのこともあれば、ときにはエスコートさせていただくこともございます。

本日そんなエスコートをさせていただくのは十年来のお客さまで、年に一度家族旅行でお見えになる浜崎さまです。五年前まではご両親とご子息のお三方でいらっしゃってましたが、岐阜のほうで書店を経営されていたお父さまが亡くなってからは、関西ご出身のお母さまとご子息のおふたりでお越しになります。お母さまは書店を継がれ、ご子息は大阪の書店に勤務されております。浜崎さまご家族はかならず二泊され、一泊目は外のお店で、二泊目は館内のレストランで夕食をお摂りになるのを恒例となさっております。

ただ今回は一泊だけのご予約でしたので、夕食はどうされるかと案じておりましたら、チェックインされてすぐにご相談があり、『白蓮』の中華料理をご希望いただき、すぐに席をお取りいたしました。

長年の常連さまで、こうしたイレギュラーなことがありますと、気になって仕方がないというのは、ホテルマンの性だろうと思います。毎年二泊なのに今年は一泊だけだからと言って、特段の理由はないのかもしれませんから、何も気にすることはないのでしょう。自らにそう言い聞かせながらも、やはり心の隅には何かしら引っ掛かるものがあります。

本日ご予約いただきました十八時前には、こちらからお声掛けして、お部屋までお迎えに上がることになっております。

どうなりますことやら。胃がきりきりと痛む時間が始まりました。

1

浜崎一家が京都へ家族旅行に出かけるのは、決まって桜が散ったころである。年度替わりの時期と、ゴールデンウィークは書店にとって繁忙期となり、親子とも書店を生業(なりわい)とするため、その合間を縫っての旅となるのである。

切っ掛けは浜崎省一(しょういち)が就職と時をおなじくして大阪住まいを始めたことだった。ひとり住まいを案じ、様子を見に来た両親と一緒に、京都を旅したのが恒例となったのだ。

省一が就職したのは『ビスタブックス』という大型書店チェーンで、最初の勤務地は大阪梅田だった。

『ビスタブックス』の創業者社長、本宮春樹は立志伝中の人物でありながら、はっきりと公私を区別することでも知られ、その私生活は秘密のヴェールに包まれている。

本宮は二十歳を過ぎたころ、愛知県と三重県の県境で小さな書店を開き、半世紀を掛けて大型書店チェーンを作りあげた。古希を前にした今も独身で、その暮らしぶりを知る者は、社内でもごく一部だけと言われている。

『ビスタブックス』の入社試験は形だけのもので、実際に合否を決めるのは本宮の面接だと言われている。

本宮の眼鏡に適えば、学歴や入社試験の成績は不問に近いとされ、不透明性を指摘されることもあったが、情実や縁故入社とおぼしき件は一切ないことから、社の内外を問わず、厚い信頼を得てきた。

省一も本宮に気に入られての入社のようで、順調すぎるほどの出世に、まわりがやっかむくらいだ。

いっぽうで本宮は『京都スタアホテル』再建に尽力したこともあって大株主となり、『ビスタブックス』の福利厚生施設のひとつに『京都スタアホテル』を数えている。

入社直後ではあったが、省一はすぐにそれを利用し、家族ともども格安で宿泊したのだった。

爾来、『京都スタアホテル』は、浜崎一家のお気に入りホテルとなり、岐阜県美濃市に住む両親と、大阪に住む省一はJR京都駅で落ちあい、京都観光を愉しみながら泊まることを毎年の恒例としてきたのである。

年中シーズンオフがない京都の街も、桜が終わって大型連休が始まる前は、エアポケットのようになり、落ち着いて旅ができるのだ。

寺巡りを趣味としていた父、省吾が亡きあとも省一は母章枝を連れて、京都の寺を順に参拝している。

今回は少しばかり足を延ばし、洛北大原の『三千院』と『寂光院』を訪ね、新緑を愉しんできた。

いつもより歩く距離が長かったせいか、章枝はホテルの部屋に入るなりベッドに寝転がり、すやすやと寝息を立てはじめた。

省一はキャリーバッグからアルバムを取りだし、パラパラとページを繰って眺めている。

〈京都アルバム〉と手描きのシールを表紙に貼ったのは省吾で、その厚さが広辞苑ほどもあるのは、もっと長く京都旅が続くものと信じて疑うことがなかったからだろう。

人口二万人ほどの美濃市で、家族経営の小さな書店を維持していくのは難しい。そう考えた省一は、大阪の大学を出てすぐ『ビスタブックス』に就職した。一九八〇年に『閑古堂書房』を開き、大型書店の攻勢を跳ねかえしてきた省吾は、きっと就職に反対するだろうと思ったが、意外にも後押ししてくれた。近い将来変化を迫られるだろう書店経営を、省一に託そうとしたからに違いない。

まさか還暦を迎えたばかりの省吾が急逝するなど、思いもかけなかった省一は、美濃に帰って『閑古堂書房』を継ぐべきか、一時期はおおいに迷った。

夜も眠れぬ日が何日も続いたが、さんざん迷ったあげく、自分が継ぐから『ビスタブックス』での仕事を続けようという、母章枝の言葉に素直に従うことにした。

美濃に限ったことではないが、地方の小さな書店は苦戦が続き、廃業するところも増えるいっぽうだ。それに比べて大型書店は攻勢を続け、街場の小さな書店を次々と呑みこんでいく。

まさか省一に遠慮したわけではないだろうが、『ビスタブックス』は隣の関市や美濃加茂市に出店しているが、まだ美濃市にはない。

いつか美濃市の『閑古堂書房』近くに『ビスタブックス』ができたら、さすがに退社せざるを得ないだろう。それが先か、母が看板を下ろす日が先か。

ところがそんななかで思いがけぬ話が飛び込んできた。『ビスタブックス』が海外出店を果たすことになり、その第一号台湾桃園店の店長として、省一に白羽の矢が立ったのだ。

またしても省一は、迷いを深めることになった。母章枝と『閑古堂書房』を置き去りにして台湾へ赴任することなどできるだろうか。

決してそれは容易いことではない。

しかし見方を変えれば千載一遇のチャンスとも言える。台湾の書店は先進的な経営形態でよく知られていて、将来の『閑古堂書房』を考えれば、学ぶことは少なくないはずだ。

さらに言えば異例とも言える人事は、出世街道を突き進むには願ってもないチャンスだ。『閑古堂書房』が長く続く保証もないのだから、省一には『ビスタブックス』で生きていくという選択肢も大いにある。

そうなると、おのずと答えはひとつしかない。章枝も一緒に台湾へ行くことだ。さいわい会社からは母親を同伴することに了解を得ていて、ありがたいことに、その住まいも提供すると言われている。

しかしながら、当の章枝はかたくなに台湾行きを拒んでいる。その理由はただひとつ。省吾から託された『閑古堂書房』を生涯守り続けるという使命感だ。

布団もかぶらずうたた寝していた章枝が、大きなあくびをして起き上がった。

「よう寝て、楽になったわ」

「いびきまでかいてたで」

省一はアルバムを閉じてデスクに置いた。

「今日はようけ歩いたでな」

ベッドから降りて章枝が窓際の椅子に腰かけた。

「やっぱり一泊にしといてよかったな。二泊して歩き回っとったら、疲れてメシも食えんかったかもしれん」

「歳は取りとうないもんや。年々足が弱ってきよる」

章枝はふくらはぎをさすっている。

「たまには店休んで休養せんとあかんよ。お父さんみたいに早死にせんとってや」

省一がポットの湯を急須に注いでいる。

「なにを言うとる。人間働いてなんぼや。月にいっぺん休ませてもろとるだけで充分。これ以上休んだらバチが当たる」

椅子に座ったまま、章枝が両手を挙げて伸びをした。

「せめて営業時間を短うしたらどうや。朝八時から夜十時までて、そんな長いこと開けても、お客さん来ぃひんやろに」

　省一が章枝の前に茶を出した。

「ありがとう。息子に淹（い）れてもろたお茶は、さぞ美味（おい）しかろ」

　両手を合わせてから、章枝が湯呑（ゆのみ）を取った。

「それかバイトを雇うか。今のままやと身体（からだ）が持たんで」

　小さなテーブルをはさんで、省一が章枝と向かい合って座った。

「うちみたいな細（こま）い本屋に、そんな人件費を払う余裕なんぞあるわけがない。省一が一番よう知っとるやろ」

「そらそうやけど」

　立ちあがって省一は冷蔵庫から缶ビールを取りだした。

「うちのことなんか気にせんと、しっかり仕事して出世せな、おまえを抜擢（ばってき）してくれた社長さんにも申しわけが立たんがな。年に一回しか来んうちら家族を、このホテルがＶＩＰ扱いしてくれるのも、社長さんのおかげやろうが」

　章枝はレースのカーテンを開け、窓の外に目を遣（や）った。

「噂（うわさ）やと社長はこのホテルのスイートルームを別宅にしているらしいんや。ホテルの売店に『ビスタブックス』のコーナーがあるくらいやから、あながち噂だけやのうて、ホンマの話かもしれん。けど、本宮社長がぼくを選んだて言うのは、あくまで憶測やからな」

「『ビスタブックス』言うたらワンマン社長で有名な会社やから、社長がイエスて言わなんだら省一は入社できんかったやろ。足を向けて寝られん恩人やないか。スイートルームがどっちの方向か、北大路さんに聞かんといかんな」

章枝は視線を省一に戻した。

「そらそうやけど。なんせうちの社長は謎の多い人物やから、どこまでがホンマの話か、よう分からんのや」

「それは私生活の話と違うんか。会社ではいたって常識的な人物やて聞いてるし、お父さんもそう言うてたで」

「そこも謎なんやなぁ。大型のチェーン書店を天敵みたいに言うてたお父さんが、なんで社長のことを褒めてたんか、不思議でしゃぁない」

「お父さんは是々非々主義のひとやったさかいな。ええもんはええ。あかんもんはあかん。はっきりしとったで。どんな社長さんなんか、いっぺん会うてみたいもんや」

章枝があくびを嚙み殺した。

「あんまり人前に顔を出さんひとやからな。ぼくも面接のときに会うたきりやさかい、どんな顔してはったかうろおぼえや」

省一は缶ビールの蓋を開け、一気にかたむけてから続ける。

「それは横に置いといて、もういっぺん考えなおしてくれへんか。お母さんも一緒に台湾へ行こうや。このままやったら後ろ髪を引かれすぎて、ここがハゲてしまうわ」

省一が後頭部をはたいた。

「子どものころの省一は、もっとあきらめが早かったんやがなぁ。いつからそないしつこうなった」

章枝がわざとらしく左右に首をかしげる。

「コロナの前なら台湾ぐらい簡単に行き来できたんやけど、今はそうはいかん。お母さんになんかあっても、急に帰ってこれへんのやで」

省一は音を立てて缶ビールをテーブルに置いた。

「心配要らん。わたしはどっこも悪ぅないで。なんぞあったら、そのときはそのときや」

章枝は動じる気配もない。

「お父さんの頑固が、いつの間にかお母さんに乗り移ってたんやな。もっと早ぅ気が付いとくべきやったか」

省一が舌打ちをした。

「いつまで続けられるやら、神さんにしか分からんやろけど、途中で投げ出したらあのひとが化けて出よる。命より店がだいじなひとやったからな」

「ぼくが就職するまでは、元日しか店を休まんひとやった。そんな働いとったら休まらんやろて言うたら、本に囲まれとるのが一番の休息やて返してきた。ほんまに本が好きやったんやろな」

省一が窓の外に目を遊ばせた。

「あら。もうこんな時間や。急いで支度せんと」

時計を見て、章枝があわてて立ちあがった。

「支度て言うても、ホテルのなかのレストランやさかい気にせんでもええがな」

「けど、ちょっとぐらいはお洒落（しゃれ）せんとみっともないわ。長いことお世話になった北大路さんとも今日が最後になるやろし」

章枝は化粧ポーチを取りだして、鏡の前に座った。

「今日で最後て、そんな寂しいこと言わんときや。また食べに来たらええんやから」

「コロナが収まらん限り、省一も台湾に行ってしもうたら、なかなか日本に帰れんやろが」

章枝が鏡のなかの省一をにらみつけた。

「コロナかぁ。ほんまに余計なもんが……」

缶ビールに口を付けて、省一がまた舌を打った。

「白瀬さんの料理が愉しみやね。またあのアワビは出るやろか」

章枝は薄桃色の口紅を塗っている。

「白瀬さんて？」

省一は空になった缶をゴミ箱に捨てた。

「中華の料理長さんは、たしか白瀬さんやったやろ？　お父さんがえろう気に入って、アワビ料理を褒めたら、わざわざ出てきて挨拶してくれはったやないか。あんひとがたしか白瀬さんやったと思うよ」

章枝はヘアスプレーを使って、クローゼットのドアを開けた。

「よう覚えてるな。食べるのに夢中で料理長さんの名前は聞いてなかったかも」

「南極探検隊の隊長さんとおなじ苗字やったんで、記憶に残っとるんよ。うちのお父さんは探検モノが好きで、探検本コーナーまで作りよったやろ」

「『閑古堂書房』はコーナーだらけで、本が探しやすいて言われてたけど、探検本コーナーはともかく、白樺派コーナーて、いつの時代の本屋やねんて思ってたな」

省一がグレーのジャケットを羽織った。

「そろそろお迎えの時間やね」

紺色のスラックスに、淡いグリーンのシャツを合わせた章枝は、シルバーのネックレスを付けている。

「えらい今日はお洒落するんやな」

省一が目を白黒させた。

「言うたやろ。このホテルにお世話になるのも今日が最後になるかもしれんのやから」

章枝は鏡に顔を近づけた。

「またそんなこと言うてる」

省一があきれ顔をすると、ドアをノックする音と同時に声が聞こえた。

「北大路でございます。お迎えに上がりました」

「はーい」

章枝が駆け寄ってドアを開けた。

「ご無沙汰しております。ようこそお越しくださいました。少し早うございますが、よろしいでしょうか」

「ちょうど支度ができたところです。どうぞよろしくお願いいたします」

章枝が腰を折ると、省一がそれに続いた。

長い廊下が続き、先を歩く北大路の背中を見ながら、章枝と省一があとに続く。

「お部屋はごゆっくりお寛ぎになれましたでしょうか」

北大路が振り向いた。

「お昼寝もさせていただきました。いつもいいお部屋をご用意いただいて、ありがとうございます」

「こちらのほうこそでございます」

角を曲がって北大路がエレベーターホールで立ちどまった。

「久しぶりの中華を、おふくろも愉しみにしてるんですよ」

省一は茶色いトートバッグを肩に掛けた。

「ありがとうございます。去年から料理長が代わりまして、メニューも新しくなりました。おかげさまでご好評をいただいておりますので、どうぞお愉しみに」

開いたエレベータードアに北大路が手を差し向けた。

「白瀬さんはお辞めになったんですか？」

エレベーターに乗りこんで、章枝が訊いた。

「よく覚えていらっしゃいましたね。白瀬は新規オープンした系列ホテルに総料理長として招かれまして、昨年当ホテルを退社いたしました」

最後に乗りこんだ北大路がB1のボタンを押した。

「出世されたということなら、よかったと言うべきなんでしょうね」

章枝が複雑な胸の裡を言葉に乗せた。

六階の客室フロアから地下一階へ降りる、エレベーターの速度が、北大路にはいつもより遅く感じられた。

「ご安心ください。今度の料理長も腕はたしかですし、きっとお気に召していただけると思います」

微妙な空気をふり払うように、北大路は満面の笑みをふたりに向けた。

2

地下一階に着いたエレベーターのドアが開くと、白川雪が待ち受けていた。雪は北大路の片腕として活躍している、チーフマネージャーである。

「浜崎さま、本日はようこそお越しくださいました。それでは『白蓮』のほうへご案内いたします」

黒いスーツ姿の雪が目礼すると、北大路が一歩うしろに下がった。

「どうぞごゆっくりお愉しみくださいませ。なにかございましたら、ご遠慮なく白川にお申しつけくださいませ」

「あの……」

章枝は何かを言いたそうにしたが、省一が首を横に振ったのを横目にし、あとの言葉を呑みこんだ。

「あとはよろしく」

北大路が目くばせすると、雪は怪訝そうな顔つきを浮かべながら、小さくうなずいた。

「本日は個室をご用意させていただきましたが、それでよろしいでしょうか。お庭に面したテーブル席も空いておりますので、どちらでも」

雪はメインフロアの前で立ちどまった。

広いメインフロアには、かつては二十を超える円卓が並び、いつも大勢の客で賑わっていたが、今は客どうしの距離を保つためにか、半分ほどに減らされ、わずか三組の客が静かに食事を愉しんでいるだけという、なんとも寂しげな光景だ。

「こっちでもええんと違う？　お母さんとふたりで個室ていうのもな」

若いカップル客を横目にして、省一が苦笑いした。

「そうやね。密談があるわけやないし。こっちのほうが南国みたいやから、台湾の予行演習にええかもしれん。こっちにします」

章枝がそう言うと、雪はホールスタッフに向かって手を上げた。

「それでは窓際のお席へご案内させていただきます」

ホールスタッフの男性が先導し、そのあとに雪が続く。章枝と省一はまわりを見まわしながら、少し遅れて付いていく。

少し離れた右側の円卓には、大きな背中の男性ひとりが座り、左手の端には年輩の女性グループが円卓を囲んでいる。

このレストランに限ったことではないが、かつての賑わいを思い起こすにつれ、いわく言い難い寂しさが込みあげてくる。台湾ではどうなのだろう。省一が思いを馳せた。

「なんで台湾の予行演習せんとあかんのや」

省一が章枝の耳元でつぶやいた。

「なんでも心づもりはだいじやで」

章枝が言葉を返した。

「こちらのお席でいかがでしょう」

立ちどまって雪が窓際のテーブル席を指した。

「たしか初めてここに来たときも、この席やったような」

章枝が窓の外に広がるエスニックガーデンに目を遣った。

「はい。そう聞いております。お三方でお見えになって、この庭の眺めをお褒めいただいたと」

「思いだした。その熱帯植物の繁みから、フラミンゴでも出てきそうや、とおやじが言ってました」

省一が窓にへばりついた。

「眺めのない地下はどうしても息苦しく感じてしまいますので、少しでも目を休めていただこうと、このガーデンを作ったと聞いております。あいにくフラミンゴは居りませんが」

笑みを浮かべて、雪が二脚の椅子を窓に向けて置きなおした。

「こちらがお料理、もう一つがお飲みもののメニューになっております」

ホールスタッフは二冊のメニューブックをテーブルに置いた。

「どうぞお掛けください」

雪が椅子を引くと、章枝がゆっくりと腰をおろした。

「省一にまかすで、好きなもんを頼みなさい」

章枝がメニューブックを省一に手わたした。

「何を言うてるんやな。今日はぼくがご馳走(ちそう)するさかい、お母さんの好きなもんを頼みぃや」

省一がそれを押し戻した。

「日本に居るあいだに美味しいもん食べとかんと」

章枝はかたくなに受け取りを拒んでいる。

「お母さんは知らんやろうけど、台湾は美味しいもんがようけあるそうやで。一緒に来たらええのにな」

仕方なくといったふうに、省一がメニューブックを開いた。

「そうや。アワビ料理だけは頼んでくれるか。お父さんが食べたがってるやろから」

「分かった。ほかはどうや？　お父さんもええけど、お母さんが食べたいもんを頼まんと」

省一は章枝に向けて、メニューブックを広げた。

ふたりの遣り取りが一段落したのを見計らって、雪が言葉をはさんだ。

「よろしかったら、先にお飲みものをお伺いしましょうか」

「せっかくだから紹興酒をお願いしようか」

省一が伺いを立てた。

「そうやね。お父さんも好きやったし」

「なんでもかんでもお父さん、て言うのはやめときや。もうこの世に居らんのやから」

省一がむくれ顔をした。

「そうやな。ここに来るとつい……」

章枝は首をすくめた。

飲みものの注文を済ませ、省一は料理のメニューブックを開いた。

「コースがお奨めみたいやけど、アラカルトで注文する？」

省一が問いかけると、章枝が首を縦に振った。

「省一にまかせるて言うたやろ」

「たしかめただけや。適当に注文するさかい、食べたいもんがあったら言いや。アワビは入れとくな」

省一がメニューブックを繰って、目星を付けている。

「お待たせしました。紹興酒二合お持ちしました。常温でよろしかったですね」

雪が徳利と杯をふたつ、テーブルに置いた。

「料理の注文をしてもいいですか？」

省一が開いたメニューブックを見せると、雪は小さなタブレットを手にした。

「お伺いいたします」

「前菜三種盛り合わせ、フカヒレスープ、本日のお奨め点心、アワビのオイスターソース煮込みと、あと何かお奨めはありますか？」

「はい。鯛の蒸し物などはいかがでしょう。甘めの豆鼓ソースで召しあがっていただきますが、辛口がお好みでしたら、豆板醤を加えることもできます。あとは、そうですね、この揚げ物も料理長のスペシャリテでございます」

雪が指さしたメニューブックには、茶色く揚がった肉と一緒に、白い帽子をかぶった料理長の写真が載っている。

「若い料理長さんなんですね」

「はい。一昨年までフレンチレストランのシェフだったのですが、北大路が引き抜いてきたんです。これまでのホテル中華のイメージを一新したいと」

「それは愉しみやなぁ」

省一が水を向けたが、章枝は表情ひとつ変えなかった。

「じゃあ鯛と牛肉の両方をお願いします。どれも量は少しずつで」

省一がメニューブックを雪に返した。

「かしこまりました。ボリュームはお好みに応じて調整させていただきますので、何なりとお申しつけくださいませ」

一礼して雪が下がっていくと、章枝が短いため息をついた。

「どうしたんや？　疲れたんか？」

省一が紹興酒に口を付けた。

「最後やさかいに愉しみにしとったんやけど、フレンチから転向して来はったシェフやったら、わたしみたいな田舎もんの口には合わんかもしれんなぁと思うて」

章枝は渋々といった顔つきで杯を手にした。

「そんなことあらへんて。今はフュージョンて言うてな、料理から国境を取り払うのが流行(はや)ってるんや。美味しかったらどこの国でもええやんか。それにメニュー見たら、そんなけったいなもんはなかった。オーソドックスな中華料理ばっかりやったで」

「それやったらええんやけど」

「むかしのもんを守るのもだいじやけど、新しいこともちょっとずつ取り入れていかんと。『閑古堂書房』もそうやんか。文房具とか雑貨も一緒に売ったらええて、ずっと奨めてるやろ。お客さんに足を運んでもろてナンボや。電子書籍もだいぶ普及してきたさかい、本だけ売っとってもお客さんが入ってきてくれはらへん」

あらためて客席を見まわすと、自分たちを含め、客は四組だけだ。大きな背中の男性ひとり客はワインを飲みながら、どうやら本を読んでいるようだ。女性のグループ客は仕事仲間らしく、リモートワークの是非を語り合っている。いずれにせよ、去年までとはまったく異なる空気が流れていることはたしかだ。

「餅は餅屋、本は本屋。お父さんがいっつも言うてたやろ」

「そんなんでいつまで持つか。潰れてしもたら、それこそお父さんが泣かはるで」

省一が空になった杯をテーブルに置いた。

「さあ、どうやろね。おかしな本屋にするほうが哀しむような気がするけど」

章枝が酒を注いだ。

ふたりの遣り取りに少し間が開くのを待っていたように、雪がホールスタッフを伴って現れた。

「お待たせいたしました。本日の前菜三種はスモーク鴨のオレンジジュレ添え、クラゲのポン酢和え、カニとレタスの生春巻きでございます。生春巻きはスイートチリソースを付けてお召しあがりくださいませ。香酢と辛子をご用意しておりますので、お好みでどうぞ」

二枚の白い丸皿には、それぞれ三種の前菜が盛り付けてあり、エディブルフラワーに彩られている。

「華やかな前菜やこと。どれも美味しそうやわ」

章枝が目を輝かせたのを横目にして、省一はホッとしたように口もとをゆるめた。

「ありがとうございます。どうぞごゆっくり」

雪とホールスタッフが下がっていくと、ふたりは同時に箸を付けた。

「美味しい」

省一が声を上げると、章枝が大きくうなずいた。

「ちょっとびっくりやな。ほんまに美味しい。クラゲにポン酢がよう合う」

章枝のほほがゆるんだ。

「鴨もやわらこうて旨い。オレンジのジュレして、さすがフレンチ出身やな」

省一が向けた水にはスルーしながらも、章枝はにこやかに箸を伸ばしている。

「こうしてホテルも新しいことにチャレンジしてるんやから、本屋ももっと改革せんとあかんな」

　しかし、章枝は省一の声がまた聞こえなかったかのように、紹興酒をふたつの杯に注いだ。

「うちの社長はすごいで。今度の台湾店やけどな、〈無用無比〉ていう屋号を付けはったんや。本を売るのに、無用てな言葉をよう使うなぁて思わへん？」

　省一はスイートチリソースをたっぷりと付けて、生春巻きを口に入れた。

「台湾のひとがどう思わはるか分からんけど、わたしはどっしりしたええ屋号やと思うで」

「ぼくとしては英語でカッコええ名前にしてほしかった。〈無用無比〉の店長です、て、あんまりオシャレと違うやんか」

「へたな英語より、かえって斬新やと思うけどな。『ビスタブックス』て、ほかに漢字の屋号はないの？」

「『ビスタブックス』ではないけど、社長の実家の本屋は何年か前に『八字書店』という屋号に変えはったて聞いたことがある」

「それもええやないの。『閑古堂書房』みたいな漢字の屋号がお母さんは好きやな」

　ふたりが前菜の皿を空にしたころ、ホールスタッフがスープを運んできた。

「フカヒレスープをお持ちしました。たいへん熱くなっておりますので、お気を付けてお召しあがりください」

「これこれ。中華はやっぱりこれがないとな」

レンゲを手にした省一は、スープに息を吹きかけて冷ましている。

「点心もそろそろ蒸しあがりますが、すぐにお持ちしてよろしいでしょうか？」

「お願いします」

答えてから省一がスープを口にし、章枝も続いた。

「凝ったスープやな。ふつうのフカヒレとちょっと違う」

章枝が小首をかしげた。

「たしかに。変わったスパイスが入ってそうやな」

「いつまでもおんなじことしとったらアカン時代なんかなぁ。フレンチっぽぅしとうなるんやろ」

章枝がレンゲを置くと、湯気の上がる蒸籠（せいろう）がふたつ運ばれてきた。

「本日の点心は、トリュフ焼売（シュウマイ）、エビ蒸し餃子（ギョウザ）、小籠包（ショーロンポー）の三種でございます。こちらもお熱くなっておりますので、お気を付けてお召しあがりください」

ホールスタッフが蒸籠の蓋をはずすと、勢いを増して湯気が上がった。

「どれも旨そうやな」

省一が箸を手にして、蒸籠のなかを見まわしている。

「気を付けて、て言われても、熱いうちに食べんと美味しいないわな」

章枝は小籠包をレンゲに載せ、そろりと口に運んだ。

「相変わらず口の減らんひとやなぁ」

省一は苦笑いしながらトリュフ焼売を箸で割り、断面を見ている。

「トリュフて言うたら、世界三大珍味のひとつやろ。高い焼売と違うか」

「値段はいつもと一緒やったで。トリュフて言うてもピンキリやからな」

トリュフ焼売に辛子を付けて口に入れた省一は、すぐさまむせ込み、涙を浮かべている。

「ほれほれ、そないようけ辛子を付けるからや。省一は子どものころから大胆やで心配やわ。台湾でちゃんとやっていけるんかいな」

ハンカチをわたして、章枝が顔をしかめた。

「心配やったら台湾まで一緒に来てくれたらええやんか」

省一が涙を拭いて、ハンカチを返した。

「そうやって切り返すのは、子どものころからじょうずやったな。けど、その手には乗らんよ。もうええ加減あきらめんさい」

章枝は省一をにらみつけるようにして、ハンカチを受け取った。

「はいはい。お母さんの頑固には参りました」

省一はおどけた顔で、わざとらしく頭を下げた。

「先にお肉の揚げ物をお持ちしました。料理長がアワビの煮込みは最後に召しあがっていただきたいと申しておりますが、よろしいでしょうか？」

雪が訊いた。

「かまいませんけど」

章枝と顔を見合わせて、省一はそう答えた。

「ありがとうございます。お肉のほうですが、テンダーロインをお醤油のタレに漬けこんで揚げております。お味は付いておりますので、そのままお召しあがりください」

ふたつの小さな竹籠をテーブルに置き、雪は別の男性客のほうに足を向けた。

竹籠には懐紙が敷かれていて、竜田揚げらしき牛肉が三切れ盛ってある。ひと口で食べ切れるかどうか微妙な大きさだが、章枝はそのまま口に入れた。

「ぼくが大胆なんはお母さん譲りなんやな。喉に詰めんように気ぃ付けてや」

牛肉を箸でちぎりながら、省一が苦笑した。

「こういうのは口いっぱいに頬張ったほうが美味しいんや。お父さんもよう言うとったやろ。しょっちゅう喉に詰めとったけどな」

章枝もおなじように苦笑いした。

「ヒレ肉をから揚げにするやなんて贅沢(ぜいたく)な料理やなぁ。やわらかいけど、嚙んだらじゅわーっと肉汁が出てきよる。お父さんの好きそうな味や」

嚙みしめながら省一はうっとりと目を閉じている。

「省一もすぐにお父さんの話するやないか。お母さんのこと言えんで」

「お父さんが生きとったら、どう言うたやろ。みんな一緒に台湾行こうて言うたんと違うやろか」

省一が庭に目を遊ばせた。

「とんでもない。お父さんが店を放(ほ)っぽりだして、台湾へ行くわけがない。わたしには行ってこいて言うやろけどな」

章枝もおなじほうに目を向けて、大きな声を上げた。

芭蕉(ばしょう)の葉が覆う叢(くさむら)には、南国ふうの赤や黄色の花が咲いている。かすかに葉が揺れているのは空調のせいだろうか。章枝は省吾の好物だったクジラの竜田揚げを思いだしながら、牛肉を味わっている。愛知県の伊良湖(いらご)にある省吾の実家には芭蕉の木が何本も植わっていた。初めてそれを見た章枝に、省吾はバナナの実が生ると言った。冗談だと思いながらも、真剣な省吾の表情に笑うこともできなかった。

「お母さん」

省一が思いつめたような声を出した。

「なんやの？」

「台湾行くのやめようかと思う」

庭に目を向けたままで省一が言った。

「なにをアホなこと言うとる。せっかくの出世話を自分から投げ出すやなんて」

章枝が眉をひそめた。

「どう考えても病気持ちの母親を置いていくて、あり得へん」

省一は章枝をまっすぐに見つめた。

「なんや。知っとったんか」

章枝はテーブルに目を落とした。

「台湾の話が出たときに、すぐ先生とこへ訊きに行ったんや。お母さんが身体はいたって健康やて言うてるのが、どうにも信じられへんかったからな」

「親を疑うてどうする。それに台湾行きをやめる言うことは、会社を辞めることになるんやで。自分の言うてることを分かってるんか」

　章枝が声を荒らげた。

「先生が言うてはったで。お母さんは働きすぎやて。お父さんのときとは時代が違うんやから、休みを取るとかひとを雇うとか、なんとかせんと。て言うても聞き入れへんから、台湾行きをあきらめて、ぼくが『閑古堂書房』を守るて言うてるんや」

　空の徳利を振りながら省一も声を荒くした。

「そない大きな声出さんとき。ほかのお客さんに迷惑やがな」

　章枝が声をひそめた。

「さきに大きい声出したんはお母さんやないか」

　省一が眉をあげて、最後のひと切れを口に放りこんだ。

「鯛の酒蒸しをお持ちしました。甘いソースと辛口のタレと両方ご用意しましたので、お好きなほうをかけてお召しあがりください。お酒はいかがいたしましょう。おなじものをお持ちしましょうか。それともなにかほかのものを」

　碗（わん）の蓋をはずして、雪がドリンクのメニューブックを開いた。

「そうやなぁ。このあとはアワビやさかい、白ワインでももらおかな」

　省一が顔を向けると、章枝がこっくりとうなずいた。

「かしこまりました。ハウスワインでよろしいでしょうか？」

「はい。ワインには詳しくないので、飲みやすくて少し冷えているのがあれば」

省一はリストを見ることなくオーダーした。

「次の料理で最後やったね。もし手が空いてるようなら、北大路さんを呼んできてもらえますか？」

章枝が雪に頼んだ。

「すぐに連絡いたします。少々お待ちくださいませ」

表情を引きしめた雪は、ポケットのなかからスマートフォンを取りだして、急ぎ足で去っていった。

「えらいさんを呼びつけるて失礼と違うか」

省一が顔を曇らせた。

「今日で最後になるんやから、ちゃんと礼を言うとかんと。忙しいしてはるやろから、居られるときに会うとかんとな」

「ワインをお持ちしました」

ホールスタッフがふたつのワイングラスをテーブルに置いた。

先にワイングラスを手にしたのは章枝だった。喉の渇きを潤すように、急いでグラスをかたむけた。

「北大路はすぐに参りますので、もう少々お待ちくださいませ」

雪が章枝に笑顔を向けた。

「すみませんねぇ、お呼びたてしたりして」

省一が言葉をはさんだ。

「とんでもございません。お気遣いいただいて感謝いたしております。ワインのほうはいかがですか。お口に合いますでしょうか」

「ええ。飲みやすくて美味しいです」

省一がグラスを上げた。

「遅くなりました。浜崎さま、本日はありがとうございます。お食事のほうはお愉しみいただいておりますでしょうか」

北大路が傍らに立つと、雪は一礼して下がっていった。

「とても美味しくいただいておりますよ。料理長さんが代わられたので心配しましたけど」

章枝が椅子の向きを変えた。

「わたくしもそれを案じておりました。どうぞご忌憚（きたん）のないところをお聞かせくださいませ」

北大路が屈みこむと、章枝は省一の顔色をうかがった。

「母は何かにつけて保守的ですから。お気になさらないでください」

省一が先手を打った。

「ますます気になります」

笑みを絶やすことなく、章枝が北大路の耳元でささやいた。

「わたしはむかし人間やから、目新しいものやなくて、ふつうの料理が好きや。シュウマイにトリュフを使うたりは好きやない。今日一番気に入ったのは牛肉の揚げもんやな。白瀬さんの料理が百点やとすると、七十五点かな」

周囲を気遣ってか、章枝が小声で言った。

「それは合格点と受け取らせていただいてよろしいのでしょうか。それとも……」

「最後のアワビ次第やないですかね」

章枝がにやりと笑った。

「おそれいります。心臓が爆発しそうでございます」

北大路が胸を押さえた。

「こんなことを言うために、お忙しい北大路さんをお呼びしたんやないんです。これまでのお礼を申しあげとうて」

章枝が背筋を伸ばした。

「お礼を申しあげるのはこちらのほうでございます。もったいないお言葉は、どうぞおしまいくださいませ」

「いや、もう次はないと思うので、今お礼を言うとかんと、あとで後悔しますんやわ」

「なにか不都合がございましたでしょうか」

北大路の顔色が変わった。

「そうやのうて、こっちの都合でしてな。省一が仕事で台湾へ行くことになったんですわ。それで、ほれ、今はこういう時代ですから、思うように帰って来れんやろ思います。わたしももうこの歳やで、自分だけで来るのはむずかしい。それに主人や省一との愉しい思い出が詰まっとるここへ、ひとりで来るいうのは寂しすぎますがな。そんなわけやで、本当に長いことお世話になりましたが、こちらのホテルへお邪魔するのもこれが最後になります」

章枝は目に薄ら(うっす)と涙を浮かべた。

「さようでございましたか。まったく存じ上げずに失礼いたしました。なんと申しあげてよいやら、言葉を見つけられませんが、こちらのほうこそ、長年のご愛顧に深く感謝申しあげます」

　北大路は土下座せんばかりに、深く頭を下げた。

「母はこんなことを言っておりますが、また寄らせていただくこともあると思いますので、どうぞよろしくお願いします」

　省一が言葉をはさんだ。

「ありがたいお言葉でございます。ご無理がないようでしたら、ぜひともまたお越しくださいませ。わたしどもでできることでしたら、なんなりとお申しつけください」

　北大路が省一に向かって一礼した。

「アワビのお料理ができあがりましたので、お持ちしてよろしいでしょうか」

　北大路のうしろに雪が立った。

「お願いします」

　省一が答えると、北大路は一歩下がった。

「それではどうぞ最後までごゆっくりお愉しみくださいませ」

　言い残して足早に去っていった。

「アワビ料理は、以前から『白蓮』の名物でしたが、料理長は〆の料理として召しあがるようにお奨めしております。土鍋には炊きたてのご飯が入っております。こちらの鉢には揚げたての麺をご用意しております。お好みで煮込みアワビをソースごと掛けてお召しあがりくださいませ」

「なるほど。それで最後にしたのですね。おもしろい趣向だね、お母さん」

「お父さんに食べさせてあげたかったね。こういうの大好きだったから」

章枝は目に涙をためている。

「またその話か、て言いたいとこやけど、素直に賛同するわ。ちょっと味の濃い、こういう料理をご飯に掛けたり、麺に載せたりするの、ホンマにお父さんは好きやったな」

省一は目を細めて、揚げ麺に煮込みアワビを掛けた。

「そんな下品なことせんとき、て言うても聞く耳を持つひとやなかった。――旨いもんは、旨いようにして食うたらええ――。何回その台詞を聞いたことか」

章枝は茶碗によそった白ご飯の上に、たっぷりと煮込みアワビを掛け、レンゲで掬って口に運んだ。

「どうや？　美味しいやろ」

省一が訊くと、章枝は大きく首を縦に振った。

「こういうのを絶品て言うんやな。九十点に上げんといかん」

「また食べに来んと」

省一が水を向けたが、章枝はなにも反応しなかった。

土鍋の白飯は三分の一ほど残っているが、揚げ麺を盛った鉢は空になった。煮込みアワビを堪能したところへ、北大路が姿を見せた。

「いかがでしたでしょうか？」

「九十点に点数が上がったみたいですよ」

そう言いながら、省一が章枝に顔を向けた。

「ほんとうですか？ それはありがたい。早速料理長に伝えます」

目を輝かせた北大路が、拝むようにして両手を合わせた。

「最後の最後まで愉しませてもらいました。あらためてお礼を申しあげます」

腰を浮かせて章枝が頭を下げた。

「こちらのほうこそでございます。長年にわたるご愛顧に心よりお礼申しあげます。ささやかながら、そのお礼と言ってはなんですが、このあとのご予定がないようでしたら、上のバーで食後酒などをお愉しみいただこうと思っておりますがいかがでしょう。夜の東山は春になりますと、淡い緑がことさら美しくなりますので、夜景も併せてお愉しみいただければと、バーテンダーも申しておりまして、お好みのカクテルなどを作らせていただきたいと、お待ち申しあげております」

中腰のままで北大路がふたりに顔を向けた。

「美味しい晩ごはんをいただいて、あとはもう寝るだけと思っておりましたが、ご迷惑でなければ」

省一が答えると、少し間を置いてから、章枝がうなずいた。

「お疲れでしたら、いったんお部屋にお戻りいただいて、いっぷくなさってからでも大丈夫です。『アンカーシップ』は二十四時まで営業しておりますから」

北大路の言葉に顔を見合わせたふたりは、揃って首を横に振る。

「食事が終わったら、お言葉に甘えてこのままバーへ伺います。バーテンダーさんをお待たせしては申しわけありませんし」

省一が答えた。

「お気遣いいただき、ありがとうございます。それではお食事を終えられましたら、お迎えに上がりますので、それまでどうぞごゆっくりお過ごしくださいませ」

北大路が下がっていった。

右側の男性客はいつの間にか居なくなっていた。左手の女性グループは割り勘のようで、かまびすしくテーブルチェックをしている。

「美味しい料理やったな」

　省一は、スタッフが運んできた中国茶で喉を潤した。

「最初はどうなるか思うたけど、終わりよければすべてよし、やな。ええ思い出で最後を飾れてよかったわ」

「最後や最後やて言うから、北大路さんが気を遣ってくれはったんや。割引券を使い続けた客やのに、ありがたいような、申しわけないような、や」

　省一は女性グループの動向を横目にしながら、部屋付けの伝票にサインをした。

「支払いはお母さんがするからな」

　章枝が釘を刺した。

「何を言うとるんや。たまに母親孝行するぐらいの給料はもろとるさかい、余計な心配せんでええ」

　省一はこぶしで二度ほど胸をたたいた。

3

幾度となく訪れている『京都スタアホテル』だが、七階にあるバー『アンカーシップ』に足を踏み入れるのは母子とも初めてだった。

ほの暗いバーのなかを、北大路の先導でゆっくり歩くふたりは、鴨川を見下ろすカウンター席に向かう。

「段差がございますので、お足もとにお気を付けください」

一段高くなった足もとに注意を払いながら、章枝と省一はカウンターチェアに腰かけた。

『アンカーシップ』と名付けられたバーは、文字どおり船をイメージして作られているようで、カウンターの上からたれ下がる照明にはランタンが使われていて、壁にはブイが飾られている。

十席ほどのカウンターにほかの客は見当たらず、ソファシートにはふた組の客が座っているだけだ。『白蓮』もそうだったが、バーもこの状態だと、かなり経営は厳しいだろう。省一はホテルの行く末を案じつつ、決してそれは他人事ではなく、書店の将来も危ういものだと、あらためて自覚させられる光景だった。

「ようこそお越しくださいました。バーテンダーの辻と申します」

真っ白のジャケットに黒い蝶ネクタイを締めた辻は、錨のイラストが描かれたコースターをふたりの前に置いた。

「辻はカクテルが得意なものですから、ぜひお好みを申しつけてください」

「カクテルて言われても、よう分からんのでおまかせしますわ」

北大路が言葉を添えた。

章枝が苦笑いすると、省一も続いた。

「あんまり甘くないのでお願いします」

「かしこまりました」

口角を上げた辻が、ふたりに視線を向けた。

「なにかおつまみをお持ちしましょうか。こちらのバーでは、館内のレストランすべてのメニューをお召しあがりいただけるようになっておりますので、お好きなものをなんなりとお申しつけください」

「ほんとですか？　それだったらもっと早く来ればよかった」

省一が分厚いメニューブックを開いた。

「和洋中あれこれ食べたいとおっしゃる、お客さまのご要望にお応えして始めたのですが、お知らせが行き届かなくて」

北大路が苦笑いした。

「お待たせいたしました。奥さまのほうは〈清水の夜明け〉、こちらさまには〈比叡の新緑〉でございます。お愉しみいただけましたら幸いです」

辻が出してきたカクテルは、薄桃色のロングカクテルと濃い緑色に染まったショートカクテルだ。ロングカクテルにはスライスしたイチゴが浮かび、ショートカクテルのほうには、メロンが飾り付けてある。

ふたりはそれぞれのグラスを眺めまわし、うなずいてからストローに口を付けた。

「カクテルなんて何十年ぶりやろ。お父さんとデートのときに飲んで以来かも」

章枝がそう言って、桃色に染まったグラスを見つめると、省一がくすりと笑った。

「お父さんとお母さんがカクテル飲んでるとこ想像したら笑える」

「わたしらにも若いときはあったんよ。なぁ、お父さん」

章枝が窓の外に目を遣った。

ふたりはカクテルを味わいながら、それぞれ異なる思いを巡らせている。

章枝は過去を振り返って感慨を深め、省一は未来を見すえ、心をざわつかせていた。

「おくつろぎのところ恐縮ですが、少しだけお時間をいただいてもよろしいでしょうか」

章枝の傍に立ち、声をかけてきた大柄な男性は、『白蓮』で食事をしていた人物によく似ていた。

「も、もしかして、本宮社長ですか⁉」

省一が立ちあがった。

「バーでそんな大きな声を出しちゃいかん。驚かせて悪かったね。初めまして、浜崎さん。『ビスタブックス』の本宮と申します。突然お邪魔して申しわけありません。隣に座らせてもらえると嬉しいのですが」

本宮が章枝に笑みを向けた。

「いつも省一が大変お世話になっております。ちゃんとお礼も申しあげず、こんなむさくるしい恰好で申しわけございません。社長さんのお隣にこんな婆さんがいてはいけませんでしょう」

立ちあがった章枝はしどろもどろになった。

「それじゃあ失礼して」

本宮は北大路に目くばせしてから章枝の隣に座った。

「ひょっとして、おふくろとの会話をお聞きになってたんですか？」

省一が身を乗りだした。

「別に聞き耳を立ててたわけじゃないんだが、歳のわりに耳はいいほうなので、勝手に入ってきたんだよ。顔を見なくても浜崎くんだとすぐに分かってね。行儀の悪いことで申しわけない」

本宮が会釈すると、章枝が手を横に振った。

「申しわけないのはこっちのほうです。場をわきまえずに、失礼なことばかり申しあげて。あらためてお詫(わ)びいたします」

章枝が腰を折った。

「まぁまぁ、お母さん。ここはバーですから、ゆっくりお掛けになっていてください。用件だけお伝えしたら、すぐに退散しますから」

本宮は北大路が運んできたロックグラスを手に取った。

「さっきの話はどうぞ聞き流してください。ほんの内輪話ですから」

省一はおしぼりで額の汗を拭っている。

「内輪話だからこそ、聞き逃せないんだよ」

飲みほして本宮は、グラスを回し、氷をカラカラと鳴らせた。

「おなじもので？」

辻が訊くと、本宮は小さくうなずき、章枝に向きなおった。

「回りくどい物言いは苦手なので、単刀直入に申しあげましょう。お母さんもぜひ浜崎くんと一緒に台湾へ行ってください。お願いします」

「ありがたいお言葉ですけど、それだけはできません。何度も省一に言ってるとおり、生きている限り、わたしは『閑古堂書房』を守らんならんと思うてますので。ほんとうに申しわけありません」

章枝が腰を浮かせて深く頭を下げた。

「そのことですが、その『閑古堂書房』さんを『ビスタブックス』であずからせていただけませんか」

本宮が章枝の目をまっすぐに見つめた。

「あずかる？　どういう意味なのでしょう。わたしの小さい頭では理解できないのですが」

「浜崎くんが『無用無比』を軌道に乗せるのに、三年から五年は掛かると思っています。そのあいだ『閑古堂書房』さんの看板はそのままにして『ビスタブックス』の支店扱いにさせてほしいと申しあげているのです」

本宮は、両手で包みこんだロックグラスを口もとに近づけた。

「社長のお気持ちはほんとうにありがたいのですが、お荷物になるような本屋ですから、会社にご迷惑を掛けるのではないでしょうか」

省一が本宮に向けて首を伸ばすと、章枝は頭をうしろにそらせた。

「それは心配要らない。社長としてプラスマイナスを充分検討してのことだから。それにきみも知ってのとおり、経営陣のなかでもぼくはわがままで通っているからね」

グラスに口を付けて、本宮はにやりと笑った。

「『閑古堂書房』もやっかいな荷物やけど、わたしはもっと余分な荷物になるんやないでしょうか。省一にも足手まといやろうし、この不景気な時代にわたしの暮らしまで会社のお世話になるやなんて、お父さんが生きとったら、きつう叱られる思います」

章枝はじっとカクテルを見つめている。

「おふくろの言うとおりです。社長にそこまでお気遣いいただいて、こんなありがたいことはないと思っています。でも、一軒の小さな本屋のことで、これ以上甘えてしまったらバチが当たります。せっかくのお話ですが台湾の件は辞退させていただけたらと思っています」

　省一が唇を噛んだ。

「縁もゆかりもないうえに、たいしてできがええとも思わん省一を引き立てていただいて、ほんとうに感謝しております。社長さんのご期待にお応えできるよう、省一には精いっぱい努めさせますので、どうぞ末永くよろしくお願いいたします。『閑古堂書房』のことは気にせんとってください。お気持ちだけありがたくいただいて、気持ちよう看板を下ろすつもりです」

　目に涙をため、章枝が本宮に首を垂れた。

「多くを語るのは好きじゃないんだが、一からちゃんと話をしないと、お分かりいただけないでしょうから、余計な話をします。ずっと胸の裡におさめてきたことですから、お聞きいただいたら、すぐに忘れてください」

　そう言って、本宮が北大路を呼んで耳打ちした。

「かしこまりました」

　北大路は急ぎ足で立ち去っていった。

「縁もゆかりもない、とおっしゃいましたが、実は大ありなんです。公にしたことは一度もありませんが、今日『ビスタブックス』があるのは『閑古堂書房』さんあってのことなのです」

本宮がふたりに交互に目を向けた。

「社長とうちの店が、ですか？」

省一は目を白黒させている。

「どこかの本屋さんと間違うておられるんやないですか？　お父さんからも何も聞いてませんし」

章枝が顔を向けると、省一は大きくうなずいた。

「ぼくの実家も『閑古堂書房』さんのような、街の小さな書店でしてね、いつ潰れてもおかしくないような状態でした。これをなんとかしないといけない。そう思ったぼくは大型化してチェーンにしようと決めました。もちろん賛否両論ありますし、今でもぼくを街場の書店潰しの元凶のように思っている向きも少なくありません。ただ、日本の出版文化を守るためには、この道しかないと思ってきましたし、その思いは今も変わりません。そして通販ということも考えなければいけないし、電子書籍というものとも向き合っていかなければいけない。そんななかで曲がりなりにもここまで『ビスタブックス』がやってこられたのは浜崎省吾さんのおかげなんですよ」

一気に語った本宮の言葉に、ふたりは幾度となく首をかしげている。

「社長は父とお会いになったことがあるんですか？」

省一が訊いた。

「ひとりの客として『閑古堂書房』さんで何度かお会いしましたが、名乗ったわけでもありませんし、じっくりお話ししたこともありません」

本宮が答えた。

「社長さんには失礼な言い方になりますが、話のつじつまが合わんような気がしますけど」

章枝が上目遣いに本宮の顔を見た。

「言葉が足りないのは、ぼくの悪いクセですね。どうしても思いが先に立ってしまって。ひとりの客として『閑古堂書房』さんに何度も伺って、勝手にあれこれ学ばせてもらい、それを『ビスタブックス』の経営に活かさせてもらった。だから浜崎省吾さんは恩人なのです」

「恩人とまでおっしゃっていただき、息子として面映ゆいというか、よく理解できないのですが」

「具体的な例を挙げましょう。たとえばきみが最も得意とするポップだけどね、あれを古くから手掛けていたのは『閑古堂書房』さんなんだよ。推薦文を札に書いて本と一緒に陳列する、ポップという宣伝手段がまだそれほど一般的でないころから、省吾さんは的確な表現のポップで読書ファンを引き付けていた。あるいは店の隅に置いてあった椅子もそうだ。今でこそ書店の一角に椅子が置かれ、好きに本を読めるようになってきたが、むかしは買ってもいない本を椅子に座って読ませるなど、考えられなかった。立ち読みは難敵だったからね。だからぼくは省吾さんに訊いたんだよ。店のなかで座って楽に読まれたら、本が売れなくなるんじゃないですか、ってね。

そしたら省吾さんは驚くような答えを返してこられた。座って試し読みしている客はほとんどが買っていくんだと。さらには立ち読みが減ることで、通路が広くなって本が取りやすくなる。それだけじゃない。座って本を読んでいる客が監視役にもなって、万引きが減ったとも。つまり椅子を置くのは良いことずくめだと笑ってらしたよ。日本で一番手造りポップが多く、売場に置いた椅子の数も多い。それが『ビスタブックス』の武器だと言われているが、実はその原点は『閑古堂書房』さんなんだよ」

一気に語って本宮は、いくらか赤みを帯びた晴れやかな顔をふたりに向けた。

「目からうろこが落ちるというのは、こういうことを言うんですね。社長から言われるまで、気付きませんでした。手描きのポップだらけだったことも、店の四隅の椅子も当たり前のようにして、ずっとありましたから。言われてみれば、たしかにそうかもしれません。先駆者だったのですね」

省一はカクテルを半分ほど一気に飲み、喉の渇きを癒した。

「社長さんにえらい無礼な言い方になるかもしれませんけど、それやったらうちの遣り方をパクられたんやないですか？」

章枝が小鼻を膨らませると、省一は声を荒らげた。

「パクったやて、なんちゅう失礼なことを社長に言うんや。なんぼ母親でも許さんで」

「せやから、無礼な言い方になるて断ってるやないか。けど、省一もそう思わんか。今になって恩人やて言われても、お父さんは墓のなかで気を悪うしてるやろ」

「お母さん、言葉が過ぎるで。酔うてるんか知らんけど」

「これぐらいの酒で酔うたりはせん。社長さんは言葉が足りんクセがあるて言うてしたけど、わたしは言葉が過ぎる悪いクセがあるんよ」

苦笑いしながら、ふたりの遣り取りを聞いていた本宮は、間が開いたのを見計らって口を開いた。

「本当に言葉が足らずに申しわけありません。やはりすべてをお話ししないといけませんね」

本宮は辻にお代わりを頼んで続ける。

「お母さんのおっしゃるとおりです。もしもぼくが黙って省吾さんの遣り方を真似たとすれば、それはまさしくパクリでしょうし、卑怯極まりない話です。しかしぼくはそれほどの恥知らずではありません。手紙ではありますが、省吾さんには包み隠さずぼくの考えをお伝えしました。あれはうちの会社がようやく軌道に乗りはじめ、上場を検討しかけたころのことです。ぼくは会社設立のころからの経緯をお伝えし、社外取締役にご就任いただくようお願いするため、直にお会いして依頼状をお渡ししたいとアポイントを取ろうとしたのです。そうしましたらすぐにお返事がありました。勇んで封筒を開けましたら、一枚の便せんが入っておりましてね」

本宮が目で合図すると、北大路は紫の風呂敷包みをカウンターに置いた。

「もったいぶるわけではありませんが、ひと様にお見せするものでもないので、部屋に掲げているだけで、ご覧いただくのはこれが初めてです」

本宮がもどかしそうに風呂敷包みを解くと、小さな額が現れた。

「これは」

章枝が息を呑み、省一は口をぽかんと開けて、額に目をうばわれている。

「見覚えのある字だと思いますが、これが省吾さんからいただいたお返事です。なんとも力強いお言葉で、これに対しては何も言えませんでした。有無を言わさぬ力と言いますか、真意を訊くまでもありません。ありがたいお言葉を頂戴いたしました、とお返事するのが精いっぱいでした。読めば読むほど心に沁み込みます。多くを語ることなく、相手に気持ちを伝える。これを見るたびに、文字の力というのはいかに凄まじいものかと感じ入ります」

額を両手に持った本宮が、うやうやしく頭上に掲げてから、章枝に手わたした。

「気遣無用。誠実無比。あのひとらしい強い字や」

受け取って章枝が目を潤ませている。

「ひょっとして社長、台湾店の〈無用無比〉という屋号はこれから……」

省一が目を輝かせた。

「ご推察どおり。省吾さんの精神を活かし切るチャンスがようやく訪れた。これがうまくいけば社名を変更してもいいと思っている」

本宮は言葉にも表情にも熱を込めた。

「あらためて身の引き締まる思いです」

こぶしを握りしめた省一が、唇を真一文字に結んだ。

「誤解のないように言っておきますが、〈無用無比〉の店長に浜崎くんを選んだのは、これとは関係ありません。最適な人事だと自負しておりますし、いっさい情実は絡んでおりません。今日もこうしてお話させてもらっているのは、まったくの偶然です。強いて言えば省吾さんが機会を与えてくださった、のでしょう」

「こんなにありがたいことはありません。ここまでの経緯が分かった以上、社長さんのご厚情をありがたくお受けできるよう、心を整えさせていただくつもりです。数々のご無礼を心よりお詫び申しあげます」

立ちあがって章枝が深く腰を折ると、省一もあわててそれに続いた。

「開店まではまだ少し時間がありますから、ぜひご検討いただければと思います。ご病気のこともちらっと小耳にはさみましたので、現地に問い合わせております。桃園は立派な都市ですからご心配には及びません」

「何から何までありがとうございます」

涙目になって章枝がまた頭を下げた。

「夢を見てるような気がします」

省一が目尻からあふれ出る涙を、何度もこぶしで拭った。

「ようやくこれで、少しは省吾さんに恩返しができそうだ」

本宮が深くため息をついた。

ます」

「それはぼくの台詞です。社長のご恩に報いることができるよう精いっぱいがんばり

省一は頬を紅潮させている。

「お話の途中に割り込んで申しわけございません。浜崎さまの長年のご愛顧に感謝して、ささやかではございますが、お礼の品を差し上げたいと思いまして」

北大路が章枝に白い封筒を手わたした。

「まあまあ、カクテルをご馳走になったうえに、まだなにかいただけるんですか」

章枝が無地のしの掛かった封筒を押しいただいた。

「手前味噌でございますが、ホテルのお食事券です。有効期限は三年となっておりますが、どうぞお使いになってください」

「せっかくのお心遣いですが、あいにくこちらにはしばらく伺うことができませんのですよ」

章枝が両手で封筒を持ったまま、戸惑った顔を省一に向けている。

「お母さんのお友だちにでも差しあげたらええやんか」

「そうやね。そうさせてもらお」

章枝は両手にはさんだ封筒を北大路に向けて、頭を下げた。

「もちろんそれもけっこうですが、当ホテルだけでなく、アライアンスグループの全ホテルでもお使いいただけますので、おふたりでご利用いただければ嬉しく存じます。たとえば台湾の『桃園北辰ホテル』などはいかがでしょう。中華レストランがございまして、以前『白蓮』の料理長をしておりました白瀬が腕を振るっております」

食事券のサンプルを見せながら、北大路がにっこりと笑った。

「『桃園北辰ホテル』は社宅として手配しているマンションのすぐ近くですよ」

本宮がスマートフォンの地図アプリを章枝に見せた。

「こんな偶然があるんやねぇ。それもこれも社長さんのおかげやと、これ以上感謝の言葉もありません」

「ぼくじゃないです。省吾さんのお気持ちが縁を紡いでくださったのだと思っています」

本宮の目がきらりと光った。

「乾杯なさいますか？　シャンパーニュをご用意しておりますが」

答えを聞くまでもなく、辻がシャンパーニュを抜栓した。

「息子に輪を掛けて頼りない母親ですが、どうぞ末永くお付き合いください。よろしくお願いいたします」

章枝が声を発し、三人は高々とグラスを合わせた。

◆

ホテルにはきっと神さまがいらっしゃる。常々わたしはそう思っておりますし、しばしばミーティングでもその話をします。

ホテルは出会いの場とよく言われますが、時として考えられない不思議な場と化すことがあります。

今回の浜崎さま母子と本宮さまの出会いなどは、まさにその典型的な一例でございます。

もしもわたしが白川にバトンを渡さず、自身でおふたりを『白蓮』へご案内していれば、迷うことなく個室へお連れしたと思います。そのようにご予約を承っておりましたから、当然のことだと存じます。

たまたまわたしは次の仕事の時間が迫っておりましたのと、白川が自ら申し出たことで、まかせてしまったのです。

浜崎さま母子が客室へお戻りになってから白川と反省会を開いたのですが、なぜ個室へご案内することなく、テーブル席を奨めるようなことを言ったのか、自分でも分からないと白川が申しておりました。

それがまさに、神さまが降りてこられた瞬間だったのだろうと確信しております。浜崎さまのご子息が本宮社長の書店で勤務していることは承知しておりましたが、海外への転勤話などは存じておりませんでしたし、なにしろ『ビスタブックス』は大きな会社ですから、席が近いからといって、こんな展開になろうとは、予想だにしておりませんでした。

もちろんそれは白川もおなじでございます。聞きましたところ、浜崎さま母子をお席に案内したあと、本宮社長の存在に気付き、もしも何か不都合なことが起こったらどうしようか、と少しばかり後悔していたとのことでした。

時にはそういう失敗につながることもあります。ご予約いただいたのと違う席へご案内し、思わぬトラブルになりかけたこともありました。今回は結果オーライ、とも言えますが、わたしは神さまのおかげだと思っております。

わたくしども『京都スタアホテル』の大株主であられる本宮社長は、大会社の社長らしからぬ控えめな方で、たしかに当ホテルの一室を年間契約でお使いになっておりますが、噂とは違い、十八平米という当館でも一番小さなお部屋でございます。書斎としてお使いになっているようですが、目立つのはあの額だけで、豪華な装飾品などはいっさいございません。

ショップの一角にある『ビスタブックス』のコーナーも二坪足らずの小さなスペースですが、社長自らセレクトなさっているようで、ポップも手造りされております。時間があれば書棚を整理されてますが、まさかそれが社長だとは誰も気付かないほどでございます。

そんな社長が紡いでくださったご縁を、これからもたいせつに守っていかなければと、あらためて身を引きしめる今日一日となりました。

第四話　『風花』のたそがれごはん

もちろんお泊まりいただくお客さまもたいせつですが、お泊まりにならず、食事だけのためにお越しいただく方も、おなじようにたいせつにするというのが、『京都スタアホテル』の創業当初からの基本姿勢でございます。

ほかのホテルにお泊まりになって、当ホテルでお食事を愉しんでくださるというのは、料飲部門をあずかるわたしといたしましては、大変名誉なことだとも思っております。

ホテルどうしというものは、存外横のつながりが強いものでして、お客さまを紹介し合うのは、よくあることでございます。ライバルでありながら、仕事仲間でもあるという少しばかり不思議な関係であります。

お客さまのなかには、ほかのホテルに泊まっていることを気遣われる方もおられますが、当ホテルとしましてはまったく気にしておりません。お食事だけでも喜んでお受けいたしております。

いっぽう、ホテルではなく、旅館さまからのご紹介で、となると、また別の緊張感を持ってしまいます。

京都を旅行される方がすべてホテルにお泊まりになるわけではなく、京都ならではの旅館に泊まることを愉しみにしておられる方は、大変多うございます。

京都独特の呼び方かと思いますが、片泊まりの宿というものがございまして、リピーターの方には、特に人気を集めているようです。

その片泊まり宿のなかで、わたしども『京都スタアホテル』が懇意にしておりますのは、先斗町にある『三福』という小さな旅館でございます。

片泊まりの〈片〉というのは文字どおり片方を意味しておりまして、すなわち一泊二食の片方、朝ごはんだけを提供する宿のことを片泊まり宿と呼んでおります。

京都には美味しいお店がたくさんございますから、そんなお店で夕食を愉しみたい。しかしながら、せっかくの京都なのでホテルではなく、和風情緒漂う日本旅館に泊まりたい。こう願われるお客さまのために、片泊まり宿という存在が京都には欠かせないのでございます。

ホテルラッシュに追われてか、いっときほど喧伝されなくなりましたが、根強いファンも少なくないようで、京都ではかならず片泊まり宿に宿泊するとおっしゃる方がおられます。

『三福』の常連でいらっしゃる日野さまご夫妻もその代表的な存在です。

日野霞山さまは高名な日本画家でいらして、女流画壇の第一人者としても知られております。京都の風景を描いた作品が多うございまして、当ホテルのロビーにも洛北大原の夏を描いた作品を飾らせていただいております。

ご主人の洋平さまは、ずっとそばにおられるようで、当ホテルへお食事に見えるときも、いつもおふたりお揃いでいらっしゃいます。

おふたりとも、食べることが大好きだと公言しておられるだけに、ふだん以上に神経を使うことになります。

大きな声では言えませんが、霞山さまは芸術家のかた特有の面がおありで、気まぐれと申しますか、お気持ちの変化が激しく、対応に苦慮することもございます。

そんなときに助かるのが、ご主人の洋平さんの存在です。霞山さまのマネージャーをなさっており、わたしたちにも細かく気配りいただいております。

俗に言う姉さん女房でしょうか。いつも霞山さまをお立てになりながら、何もかもを丸く収めてしまわれる手腕には感心しきり。わたしどもも客商売として見習わせていただくことが、多々ございます。

今回はイタリアンレストランの『ペッシェ・ロッソ』をご希望と、『三福』の女将さまから連絡があり、正直ホッとしたところです。

と申しますのも、間が悪く本日はおせち料理のプレスリリースがございまして、各レストランの料理長は東京へ出向いております。例年ですと『禊川茶寮』の料亭おせちだけなのですが、お正月もステイホームの流れは続くだろうということで、『白蓮』の中華おせち、『アクア』のフレンチおせち、『風花』の割烹おせちも販売することとなり、それぞれの料理長が自らプレゼンテーションを行う予定で上京しております。

さいわいイタリアンおせちは見送りになりましたので、チーフシェフは厨房で腕を振るっております。早々に日野さまのご予約をシェフに伝え、万全の態勢でお待ちしているところでございます。

◆

女将に見送られ、『三福』をあとにした日野霞山こと霞は、洋平にショルダーバッグをあずけ、先斗町通を南に向かって歩いていく。

深まる秋の気配を漂わせているのは、夕暮れ迫る空の色だけで、いくらか蒸し暑さえ感じさせる空気を追いはらうかのように、紫のストールを首に巻きなおした。

「今年の秋はおかしな空気ね。十月も半ばだというのに、まだ夏を引きずっているみたい」

もどかしげにストールを巻きながら霞は空を見上げた。

「ほんとに。いつもの年ならこの時間は肌寒いくらいなんだが」

ベージュのスーツにノーネクタイ。パナマ帽をかぶり、すぐうしろを歩く洋平が手を貸してストールの先を整えている。

「紅葉が始まってしまうと、ひとが多くてスケッチどころじゃないからと思って来たんだけど、早すぎたみたいだわ」

すれ違いざまにストールを引っかけそうになった男を振り返り、霞が小さく舌打ちした。

「今年はほんとにひとが少ないね。これだったら紅葉のときに来てもよかったかもしれない。来月もう一度来ようか」

背伸びした洋平は、ほとんど人通りのない先斗町通を見わたしている。

「そうね」

霞が力なく答えた。

「お腹が空いたな。今夜のイタリアンが愉しみだ」

横に並んで、洋平が笑顔を向けたが、霞は無言のまま前を見つめている。

「なにかいい画題でも見つかりましたか?」

生業となっている絵のことになると、敬語が自然と口をついて出ることに、洋平は自分をあざけるような苦笑いをした。

強烈な衝撃を受けた最初の出会いが、洋平にはいまだに尾を引いているのだ。当時デパートの美術部で絵画の販売を担当していた洋平は、あろうことか値札をひと桁間違って付けてしまい、手ひどく霞に叱咤されたのだ。

さいわい霞が販売前にミスに気付き、事なきを得たからよかったようなものの、デパートという組織のなかでは致命的とも言える失敗を犯してしまった。

それを切っ掛けとして出会ったふたりが、いつの間にか夫婦として暮らしているのだから、世のなかというのは、なんとも不思議なものだ。画家日野霞山を改めて上司と一緒に訪ね、土下座して謝ったときのことを、洋平は終生忘れることはないだろう。

「いつもは混みあっているだけだから、それほど感じなかったけど、先斗町って情緒のある通りなのね」

鋭い目を左右に向け、霞はときおり立ちどまる。

「そう言えば先斗町を画題にしたことは一度もなかったですね」

洋平は立ちどまって、霞とおなじほうに視線を向けた。

「いつもひとの背中ばかり見て歩いていたから、狭くて猥雑(わいざつ)な通りだと思い込んでいた」

霞が細い路地を覗(のぞ)きこんだ。

「明日もお天気良さそうだから、朝早くにでも描いてみますか？」

「この時間がいいんだけどね」

「今夜の食事は六時からの予約ですが遅らせますか？　今からスケッチするのなら、すぐに道具を取りに『三福』さんへ戻りますけど」

「それも面倒ね。明日にするわ」

濃紺のワンピースに白いロングベストを羽織った霞は、首をすくめて歩きだした。

地味な作風とメディア嫌いのせいもあって、日野霞山の存在を知るひとは少ないのだが、すれ違ったあとに振り向くひとが多いのは、その特異な風貌のせいに違いない。古希を間近に控えながら、おかっぱ頭の髪を金銀に染め分け、左右の耳に下がるピアスは翡翠色の大きなティアドロップ。ぎょろりと光る目を気ぜわしく動かすさまは、いやが上にも目立つ。

物珍しさに指さす子どもが居ても、霞は気に掛ける気配もない。

四条通が近づくころ、前から来た外国人がカメラを向けた。嫌がるかと思いきや、霞が笑顔を向けてポーズまで作ったことに、洋平は驚きを隠せずにいる。

「写真を撮られるのは嫌いなのに、今日は機嫌がいいんだね」

「だってわたしのファンかもしれないじゃない。高く買ってくれるとあなたも嬉しいでしょ」

「日野霞山の日本画を買うようなひとには見えなかったけどな」

洋平がうしろを振り向いた。

「ひとを見かけで判断しちゃいけない、といつも言ってるのは、どこのどなたでしたっけ」

霞がいたずらっぽく笑う。

猫の目の色のように、目まぐるしく表情を変える霞を、おだやかな顔つきで見守る洋平は、しばしば猛獣使いと揶揄されている。

「こんなに遠かったかなぁ。ホテルの上のほうはずっと見えているのに、なかなか着かない」

「いつもはこの狭い通りを早足で抜けていくからでしょう。距離はおなじでも、ゆっくり歩くと時間が掛かるのよ。いいことなんじゃない？」

何度も立ちどまり、霞は周囲を見まわしている。

気ぜわしく腕時計を見ながらも、急かすことはせず、洋平は霞のペースに合わせ、ちょうど予約した時間にホテルへたどり着いた。

ドアマンが一礼すると、すかさず北大路が玄関ドアから出てきて、満面の笑顔でふたりを出迎えた。

「ようこそお越しくださいました」

「こんばんは。お世話になります」

洋平が帽子を取って会釈した。

「北大路さん、今夜もよろしくね」

霞は紫のストールをはずした。

「日野さま、大変ご無沙汰しております」

白川雪が北大路の斜め後ろに立った。

「『ペッシェ・ロッソ』のシェフも首を長くして待っております。早速ですがご案内してよろしいでしょうか」

北大路が手招きした。

「そのことなんだけど、『風花』に変えようかと思ってるの。ランチが少し重かったので」

霞がそう言うと、洋平は驚いた顔を北大路に向けてから霞に向きなおった。

「あなたがイタリアンを食べたいと言うから予約したんだけどね」

「朝はそうだったんだけど、ランチに周山でステーキを食べたでしょ。あれがまだ残っていて」

不服そうな洋平に向けて、霞が腹のまわりを手のひらでさすった。

「お昼もあなたが食べたいと言ったからわざわざ周山まで行って……」

洋平にとっては、口を尖らせるのが精いっぱいの抵抗だ。

「かしこまりました。それでは『風花』へご案内いたします」

肩を落としたことに気付かれないよう、北大路がエレベーターホールへ先導する。

「どうぞごゆっくりなさってくださいませ」

雪はひきつらせた顔を解き、口もとをゆるめて見送った。

「すみませんねぇ、気まぐれなことで」

霞を振り向いてから、洋平が北大路の耳元で言った。

「とんでもございません。先生がお食べになりたいものを召しあがるのが一番ですから」

平静を装ってはいるが、いくらか動揺していると見えて、北大路の声がときおり裏返る。

いかなる場合も沈着冷静を保ち続ける北大路が、あからさまに動揺するのも無理からぬことで、霞は最悪のカードを引いたのである。

割烹『風花』は親方の加地あってこその店なのだが、その加地だけでなく二番手の板場も上京していて、今夜は下積みを抜けたばかりと言ってもいい、焼き場の下柳光がカウンターに立っている。もちろんそれは初めてのことだ。

二十五歳になったばかりの光は、高知の料亭旅館の跡取り息子で、三年前から加地が『風花』であずかっている。

食材を見抜く目はたしかで、天性の味覚も備わっていることもあり、まかないを作らせても、ときに卓越した腕を発揮することもあるのだが、むらがあるのが最大の難点だと、常々加地がぼやいている。

加えて奔放な物言いも波風を立てることが少なくない。何より無難を嫌い、新たな料理を追い求める性格が災いしなければいいのだが、と北大路はエレベーターのなかでも気が気ではない。

北大路の心中を察した雪が、先回りして光に伝えているはずだが、どこまで自制できるだろう。ため息をつきそうになって、あわててそれをこらえた北大路の顔は少しばかり青ざめている。

「この時季は蟹もまだ解禁になっていないし、フグもまだだろうから、割烹もやりにくいでしょうね」

好物のイタリアンを食べ損ねた洋平が、未練がましく北大路に声を掛けた。

「どんな季節であっても、お客さまに愉しんでいただくのが割烹の使命でございますから」

北大路が苦し紛れに胸を張ると、八階に着いたエレベーターのドアが開く。

「ようこそ。お待ちしておりました」

先回りした雪がそつなく出迎えた。

「なんだか忍者みたいね。女性はくノ一って言うんでしたっけ」

霞がそう言うと笑いの渦が起こったが、三人の顔は笑っていない。

「いつものカウンターのお席のほかに、本日は眺めのいい個室もご用意できますが、いかがいたしましょう。東山が薄らと色付きはじめておりますので、夜景もきれいかと」

北大路が最後の抵抗を試みた。光との接触を極力避けようとしているのだ。

腕に自信を持っているのは悪いことではないのだが、ときにそれが過剰となり、同僚だけでなく客を不快にさせるような言動が散見され、その都度加地が注意しているが、なかなか改まることがない。

「個室もいいね」

洋平は北大路の意を察したようだ。

「割烹はやっぱりあなたカウンターでしょ」

霞があっさり却下した。

「かしこまりました。どうぞこちらへ」

あきらめ顔になった北大路が暖簾を上げ、ふたりを招き入れた。

十席あるカウンター席の両端に、それぞれふたり客が座っていて、真ん中は空席が並んでいる。

　正面に立つ光は包丁を置いて笑顔を向けた。

「お越しやす。ようこそ」

「新入りさんかしら。加地さんは？」

　霞が北大路に訊いた。

「あいにく加地は本日出張しておりまして、下柳が担当させていただきます」

　北大路がハンカチで額を押さえた。

「そう」

　短く答えた霞は、いかにも不服そうな顔で中央の席に腰かけた。

「日野洋平と言います、こちらは妻の霞。いつも加地さんにはご無理をお願いしています」

　洋平が肩書のない名刺を差しだした。

「ご丁寧にありがとうございます。下柳光と言います。まだまだ未熟ですが、どうぞよろしくお願いします」

　名刺を受け取った光は、和帽子を取って一礼した。

「光さんはおいくつ？」

洋平が腰かけるとすぐ霞が訊いた。

「二十五になりました」

小箱に名刺を仕舞った光は、自分の名刺をふたりにわたした。

「二十五で親方の代わりをするなんて、たいしたものね」

霞は念入りにおしぼりで手を拭いながら、皮肉っぽい笑いを光に向けた。

「さっき霞さんとご主人が言われましたけど、画家の霞山先生ですよね」

「霞は本名。霞山は雅号。ペンネームみたいなものなんだよ」

霞の代わりに洋平が答えた。

「うちのロビーに霞山先生の大原の絵が飾ってありますけど、いつ見てもすごいなぁと感心してるんです。ひとや風景が細かく描いてあって、あれ一枚描くのに、どんだけ時間が掛かるんやろうて」

光が霞に笑みを向けた。

「ありがとう。ちゃんと観てくれてるのね。あれはもう三十年ほど前に描いたんだけど、今はもう無理ね。根気がないわ」

霞が苦笑いした。

「どうぞごゆるりとお過ごしください。じゃあ下柳くん、よろしく頼んだよ」

北大路は後ろ髪を引かれながらも、光がそつなく応対していることに胸を撫でおろし、横手の引き戸を開けて厨房に入っていった。

「お飲みものはいかがいたしましょう」

雪がドリンクリストを洋平に手わたした。

「日本酒にする？」

洋平は開いたリストを霞に見せた。

「あなたはイタリアンでワインを飲みたかったんでしょ？　そうすれば。わたしはお酒を冷やで」

リストを一瞥しただけで霞がさらりと答えた。

「ワインは白か赤、どちらになさいます？」

「軽い赤をグラスでお願いします」

「日本酒の銘柄はいかがいたしましょう」

「いつも加地さんにまかせてますから」

「かしこまりました」

短い遣り取りを終えて、雪が厨房に向かった。

「和食にワインって流行りですよね。やったことないけど合うんですか？」

先附を小鉢に盛りながら光がつぶやいた。

「合うかどうか、やってみればいいじゃない。若いんだから、なんでもやらなきゃ」

洋平が光に言った。

「すみませんねぇ、保守的なものですから」

首をすくめて、光がふたりの前に小鉢を置いた。

「これは？」

洋平が染付の小鉢を覗きこんだ。

「先附は鱧皮の酢の物です。ミョウガとオクラ、キュウリと和えてます」

「意外なほどオーソドックスな料理を出すのね」

椅子の背にもたれていた霞が身を乗りだすと、光がにやりと笑った。

「お飲みものをお持ちしました。赤ワインはキャンティ、日本酒は『澤屋まつもと』です。どうぞごゆっくり」

洋平の前にリーデルのグラス、霞の前に赤い切子のグラスを置いて、雪が下がっていった。

「いただこうか」

両手を合わせてからグラスを上げ、ふたりは箸を取った。

「さっぱりしていいね。これならワインにもよく合うよ」

「ありがとうございます。このあとはどうされます？　おまかせいただいたら順にお出ししますし、アラカルトでしたら、そちらの品書きから選んでいただければ」

光はまな板を丁寧に拭いている。

「おまかせできるほど、あなたのことを知らないしね。あなたのほうもそうでしょ？」

鱧皮をつまみ、光と目を合わすことなく霞が言った。

「そう、ですよね」

光のこめかみが小刻みに動くのを見て、雪があわてて霞の傍に立った。

「今日は琵琶湖の天然鰻がお奨めだと加地が申しておりました。あっさりしたものでしたら京野菜の炊き合わせや、生麩の田楽などもいかがでしょう」

「あなたもいろいろと大変ね。でも大丈夫よ。わたし嫌いじゃないから。こういう血の気の多そうな人」

霞は雪に笑顔を向けたが、光は無反応だ。

「いい鯛が入ってますから薄造りにしましょうか。もみじ鯛って言うくらいですから、そろそろ旬なんですよ」

光が三枚におろした鯛を見せた。

「じゃあ、それを」

霞がそう答えると、洋平はこくりとうなずいた。

「どうぞごゆっくり」

不安そうな顔を残して雪が下がっていった。

光が刺身を引く包丁使いを、霞は真剣な表情で見ている。グラスを置いた洋平が小声で切りだした。

「だいじな話があるんだけど、今でもいいかな。それとも『三福』さんへ戻ってからにしようか」

「なんのことか知らないけど、だいじな話なら早いほうがいいでしょ」

霞は切子のグラスを両手で包みこんでいる。

「京都に引っ越そうと思っているんだけどどうかな？」

洋平が遠慮がちに言った。

「あなたひとりで？」

「もちろんあなたも一緒にだよ」

「なんでいきなり？」

「いきなり、じゃないんだ。ずっと考えてた。あなたもぼくも京都が大好きだし、最近は画題も京都がほとんどだし。だったら京都に住めばいいじゃないか。そう思ったんだ」

「そんなこと一度も言わなかったわね。いつもあなたはそうやって、独断で事を進めるんだから」

「内緒にしていたのは、あなたを驚かせたかったからなんだけどね。きっと喜んでくれると思ったから」

「それで京都のどこに引っ越すの？　あなたのことだから、もう決めているんでしょ？」

霞は小鼻を膨らませ、不満げな表情を洋平に向けた。

「お待たせしました。もみじ鯛の薄造りです。一味唐辛子をまぶした芽ネギを巻いて、ポン酢で召しあがってください」

光がふたりの前に染錦の丸皿を置いたところで、話が宙に浮いて留まっている。

「なんだか拍子抜けしたわ」

霞が言った。

「ダメですか？」

包丁を拭きながら、光は霞の顔を上目遣いに覗きこんだ。

「ダメじゃないわよ。こういうの好きだし。ただ、あなたならもっと尖った料理を出すのかと思ってたの」

「ぼくってそんな変人に見えます？」

「青いカラコンを入れた料理人って、あんまり見かけないから。眉の下もきれいに剃り上げているし、目をチャームポイントにしているのね」

「さすが絵描きさん。観察力が鋭いんですね」

両眉をこすって光が笑った。

「カラコンって？」

洋平が訊いた。

「カラーコンタクト。若い女の子はよく入れているみたいだけど、堅気の男のひとはめったにやらないでしょ」

霞は鯛の薄造りを箸でつまもうとして、うまく取れずにいる。

「すみませんねぇ、堅気じゃないもので」

苦笑いしながら、光は霞の手元に視線を向けた。

「美味しい鯛だねぇ。ネギともこんなに合うんだ」

洋平の皿には半分ほどしか残っていない。

「たしかに美味しいんだけど、薄切りすぎてつかみにくいのよね」

霞は鯛をつかもうとして、箸を滑らせている。

「一枚ずつ取ろうとするからだよ。こうやって三枚ぐらい一緒にはさめば」

洋平が薄切りの鯛を三切れ束ね、小鉢のポン酢に浸した。

「ちょっといいですか？」

言うが早いか、光は霞の皿を手にして、菜箸で鯛の薄造りを数切れずつにまとめた。

「ポン酢もネギも上から掛けちゃいましょう。カルパッチョみたいになってしまいましたけど、このほうが食べやすいでしょ」

暖簾の陰からその様子を見ている雪は、いかにも心配そうな顔つきだ。霞がどう反応するのか固唾（かたず）を呑（の）んで見守っている。

「ありがとう。よく気が利くのね。あなた女性にモテるでしょ」

皿を受け取って霞が薄く笑うと、光は肩をすくめて舌を出した。

「さっきチーフも言ってましたけど、あっさり系でしたら京野菜の炊き合わせもいいですよ」

「それもいいけど、生麩が食べたいな。東京だとめったに食べられないから」

洋平が霞の顔色をうかがっている。

「あなた本当に生麩が好きね。生麩が食べたくて京都へ引っ越そうと思ってるんじゃない？」

　鯛を食べながら、霞が洋平を横目でにらんでいる。

「うちも実家が高知なので、生麩なんて食べたことなかったですが、慣れるとクセになりますね。煮ても焼いても美味しいし」

　光が生麩に竹串を刺している。

「さっきの話を続けてもいいかな」

　グラスを空にした洋平がお代わりを頼んだ。

「場所はどの辺？」

「宇治田原。宇治には二、三度行ったでしょ。『平等院』とか『宇治上神社』とか画題にもしたよね。あの近く」

「ちょ、ちょっと待ってよ。京都市内じゃないの？」

　大きな声を上げて霞は箸を床に落とした。

「そのままで。すぐに新しいお箸をお持ちします」

　光が素早く反応した。

「ごめんなさい。びっくりして手が滑っちゃった」

霞は恨みがましく洋平に目を向けた。

「声が大きすぎるよ。まわりに迷惑だから気を付けて」

洋平は両側の客に向かって小さく頭を下げた。

「声も大きくなるわよ。京都に引っ越すって言うから、てっきり西陣かどこかの町家だと思ったわ。それがあなた宇治だって、どんな暮らしを考えてるの？」

息を荒くして、霞は切子のグラスを一気にかたむけた。

「住所を正確に言うとね、京都府綴喜郡宇治田原町大字高尾下大原。瀬田川沿いで景色は最高だよ」

スマートフォンを取りだして、洋平が画面を霞に向けた。

「郡？　大字？　いくら景色がよくったって、そんな田舎に住めるわけないでしょ」

スマートフォンには目もくれず、霞は空になった切子のグラスをカウンターに置いた。

「たしかに地名は田舎っぽいけど、宇治の駅からは五キロほどしか離れていないし、京都駅からだって、たった十五キロだから車なら三十分と掛からない。今の町田の家のほうがよっぽど不便だよ」

「またそうやって数字で言いくるめようとする。その手には乗らないわよ」

霞が頬を膨らませた。

「本当のことを言ってるだけだよ。町田の家から東京駅まで何キロあるか知ってる？　三十キロ近くあるんだぞ。うちから一番近い鶴川（つるかわ）の駅までだって三キロ以上あるんだから、今と大して変わらない上にさ、土地の広さは十倍以上ある。なんてったって三百坪あるんだからな」

洋平が鼻を高くした。

「土地さえ広きゃいいってもんじゃないでしょ。慣れない土地で、だだっ広い家に住んだって侘（わび）しいだけよ」

雪が運んできたお代わりのグラスを手に取って、霞が不満をあらわにした。

「生麩の田楽が焼けましたよ。三本ずつ。右から柚子味噌（ゆずみそ）、赤味噌、胡麻（ごま）味噌です。熱いうちに食べてくださいね」

光は木皿に載せた田楽串をふたりの前に置いた。

「明日の朝、見に行こうよ。あなたもきっと気に入ると思う」

洋平は柚子味噌を塗った串を指でつまんだ。

「『麩嘉（ふうか）』さんの生麩？」

胡麻味噌田楽を食べて、霞が光に訊いた。

「よく分かりますね。そのとおりです」

光が目を瞬かせた。

「ひとのこと言ってるけど、あなたも生麩が大好きじゃないですか」

洋平が苦笑いした。

「『麩嘉』さんの麩は別格よ。夏に食べたレモン麩も美味しかったわね」

「うん。あれは絶品だった。来年の夏もあるといいな」

洋平が目を合わせると、霞は手を滑らせ、横倒しになったグラスから酒がこぼれた。

「ごめんなさい」

あわてて霞がおしぼりでカウンターを拭いている。

「大丈夫かい？」

立ちあがった洋平が、霞に代わってカウンターを拭きはじめた。

「大丈夫ですよ。こちらでやりますから」

光が合図すると、ダスターを持って雪が駆け寄ってきた。

「お召しものは大丈夫ですか？」

カウンターを拭きながら、雪が霞のワンピースに目を遣った。

「お酒の匂いが染み付いてしまうかもしれないね」

ワンピースの腰のあたりを洋平がハンカチで拭いている。

「ほんと、仲のいいご夫婦ですね。うらやましい」

光の目に薄らと涙が浮かんだ。

それを隠すかのように、冷蔵庫からショウガを取りだした光は、千切りにし始め、小鍋に出汁(だし)を張って火に掛けた。

「仲がいいって言われたのは、初めてかもしれないわね」

霞が鼻で笑うと、席に戻った洋平は小さく笑い声を上げた。

「ほんとだね。いつも言い合ってばかりいるから、仲が悪いって言われることはよくあるけど、いい、って言われたのは記憶にないな」

「ほんとに仲の悪いご夫婦っていうのは、会話がありませんからね。日野さんご夫婦みたいに会話が途切れないのは、仲のいい証拠ですよ」

光は小鍋に調味料を入れて、金杓子(かなじゃくし)に載せた猪口(ちょこ)で味をみている。

「そういうものかしらね。いつも口喧嘩(くちげんか)ばかりしているから、相性も仲も悪いと思い込んでいたけど」

霞がワンピースの裾を整えていると、雪が白いナプキンを広げた。

「どうぞお使いくださいませ」

「ありがとう」

霞は膝の上にナプキンを広げた。

洋平は生麩田楽を食べながら、霞の様子を横目にしている。

「お酒も新しいのを置いておきますね」

雪が下がっていった。

何ごともなかったかのように酒を飲み、三本の田楽串を食べ終えて、霞は串を揃えた。

カウンターのなかでは小鍋から湯気が上がり、芳しい香りが漂っている。

洋平と霞は口をつぐみ、鼻をひくつかせている。

「口直しというか、おしのぎにいかがですか。針ショウガと刻み湯葉のお吸い物です」

光が黒漆の小吸椀(こすいわん)をふたりの前に置いた。

「ここでお吸い物を出してくるって、なかなかよね。しかもたいそうな具が入っていないっていうのも気が利いてる」

霞が椀蓋をはずして鼻先に近づけた。

「食欲をそそる香りが、口いっぱいに広がる」

ひと口飲んで洋平が目を細めた。

「あとの料理を考えておいてくださいね」

言い残して、光が奥の厨房へ入っていった。

「こっちにしてよかったでしょ」

小吸椀を手にして、霞が洋平に視線を向けた。

「今のところはね。これからどんな料理が出てくるか、愉しみなような、心配なような、だよ」

洋平は飲み終えた小吸椀をカウンターに置いた。

「まさかまだ契約はしてないでしょうね」

霞が大きく目を見開いた。

「さすがにそこまでは。だけど、あなたが首を縦に振ればすぐに売買契約を結ぶ段取りはしてある」

「土地の価格がいくらかは訊かないようにするけど、お金の段取りもできてるの？」

「もちろん。ぼくの預金はぜんぶ使い果たすことになるだろうけど」

「思いきったことをするひとねぇ」

「終の棲家は京都に、ってむかしから決めていたからね。それにしても京都の土地は安いよ。うちの近くだと三倍じゃきかないだろうね」

「どんな家を建てるつもり？」

「それがね、もう建っているんだ。古家付き。築年数こそ古いけど、なかなかいい建物なんだよ」

　洋平がスマートフォンの画面を見せた。

　土壁に瓦屋根。典型的な日本家屋だが、一見したところ、それほど古い建物には見えない。今住んでいる家の三倍以上はありそうな、相当大きな家だ。

「たしかに悪くないわね。でも、アトリエは別に造らないと仕事ができないわ」

「それもクリアできそうなんだ。前の持ち主が陶芸家でね、別棟になった作業場をそっくりそのままアトリエにできると思うよ」

　洋平は自慢げにスマートフォンを操作して写真を映しだした。

「その点も抜かりはないってことね。こうしていつものように、わたしを追いつめていくわけか」

　霞は深くため息をついた。

「追いつめるって、人聞きの悪いことは言わないでほしいな。あなたのことを思って、選んだ家なんだから」

洋平がグラスをかたむけると、残り少ないワインが喉に滑っていった。

「お代わりをお持ちしましょうか」

すかさず雪が傍らに立った。

「お願いします」

洋平は頬をほんのりと紅く染め、酔いが回ってきたようにも見える。

いつも和やかというわけではないが、それでも格別気を配らなければならないほど、険悪ではない。今夜の霞の言葉はいつもと違う刺々しさがある。

もしかすると、その原因はホテル側の対応にあるのではないだろうか。そう思いはじめると雪の心は重くなるばかりだった。

「たまに京都を旅するのと、毎日暮らすのとでは、ぜんぜん違うのよ。分かってる?」

「考え抜いての話だよ。熟慮に熟慮を重ねて、ここに引っ越すのがベストだというのが、ぼくの出した結論なんだ」

「町田の家とおなじように暮らしていけるとは、どうしても思えないんだけど」

霞は指を組んだり解いたりしながら、何度も首をかしげる。

「おんなじように暮らさなくてもいいじゃないか。アトリエをギャラリーみたいにしてさ、あなたのリトグラフを売ったり、絵画教室を開いたりしてもいいと思っているんだよ。遅ればせながらだけど、セカンドライフってやつを愉しもうよ」

洋平が顔を覗きこんでも、霞はほとんど反応を示さない。

「セカンドライフねぇ」

霞がぽつりとつぶやき、トントンと指先でカウンターをタップしている。

イラついている気持ちを隠すことなく、むしろあらわにする霞を横目にして、洋平は小さなため息をつく。

「あとはあなたが首を縦に振ってくれるかどうか、だけだ」

意を決したように洋平がきっぱり言い切ったところで、いつの間にか戻ってきていた光が声を掛ける。

「鮎、焼きましょうか？」

光は冷蔵庫から鮎を取りだして霞に見せた。

「鮎って、もうあなた紅葉のシーズンが近いのよ。やっぱり鮎はピチピチした初夏の若鮎に限るでしょ。それともわたしのようなバアサンに合わせてくれたのかしら？」

唇をゆがめて、霞が皮肉っぽく笑った。

「よく分かりましたねぇ。霞山先生にぜひ食べてほしいと思いまして」

光が笑みを返した。

「あらあら、挑んでくるわね。いただいてみましょ。その年老いた鮎を」

霞が鼻で笑った。

「なんだかおもしろそうだね。この時季の鮎はたしか落ち鮎って言うんだよな」

気を取りなおして洋平は、串刺しにされた鮎が尾をくねらせる様子に目を遣った。

「味が落ちるから落ち鮎って言うのかしらね」

誰に言うともなく、霞がぼそりとつぶやいた。

「違いますよ。産卵するために川を下っていくから落ち鮎って言うんです」

血相を変え、光が串に刺した鮎を炭火にかざした。

「落ちるも下るも似たようなもんじゃない。どっちみち上っていくことはないんだから。人生と一緒ね。これから先は下るいっぽう」

霞はうつろな目を鮎に向けた。

「せっかく美味しいものを食べてるっていうのに、そういう暗い話はやめようよ」

洋平がワイングラスを両手で包みこんだ。

「ご主人のおっしゃるとおりですよ。びっくりするぐらい美味しい鮎なんですから」

光は竹串を裏返した。

「上っていくのは大変だけど、上を目指す勢いがあるから苦痛じゃないのよ。山登りと一緒で下りは楽だけど、目標ってものがないから、なんだかつまらないのよね。うっかりすると滑って転んじゃうしね」

　霞が洋平に笑みを向けた。

「あのときは大変だったね。鞍馬山の木の根道を下ってきて、もうすぐ貴船に着くってところで、すってんころりん。あなたを負ぶって山を降りるのに往生したよ」

　洋平が遠い目をした。

「ずっと仲がよかったってことですね」

　鮎から立ちのぼる煙に、光が目を細めた。

「夫唱婦随ってやつだね。うちは夫と婦が逆だけど」

　洋平が苦笑いした。

「そうかしら。一見逆に見えて、実は、夫唱婦随そのものだと思うけどね。夫が唱える引っ越しに、婦人は付いていくことになるんだから」

「お、付いてきてくれるんだ。ホッとした」

　赤ら顔の洋平は目を輝かせている。

「この歳になって知らない土地へ引っ越すなんて、思いもしなかったから、そう簡単に決断できないわよ。あなたひとりだけ京都に引っ越してもいいんだし」

「なんだ、まだ決めてなかったのか」

洋平が両肩をすくめ、霞に気付かれないよう顔をそむけて舌打ちした。

「鮎は塩焼じゃないの？」

洋平の様子を気にすることもなく、光の手元を見ていた霞が声を上げた。

まるで鰻を蒲焼にするように、光は鮎にタレを掛けている。

「はい。醤油ベースのタレを掛けながら焼きます。芳ばしくて旨いですよ」

「そんなの初めてだわ。せっかくの鮎の持ち味が消えるんじゃないかしら」

「まぁ、食べてみてください。もうすぐ焼きあがりますから」

光は自信ありげに串を裏返した。

タレを掛けるたびに、煙とともに芳しい香りが漂ってくる。洋平は喉を鳴らしているが、霞は白けた顔で光の手元を見ている。

「鰻じゃないんだから、そんなにタレまみれにしなくてもいいんじゃないの」

「まぁまぁ、そういうことは食べてから言おうよ。彼は自信があるって言ってるんだから」

洋平がとりなすと、光は小さく頭を下げて笑った。

「あなたはどこの生まれなの？」

霞が訊いた。

「土佐の高知のはりまや橋の近くです。実家は料亭旅館をやってます」

「高知へ行ったのは十年以上前だね。あの有名なはりまや橋が、あんなに小さなものだとは思わなかったよ」

「みなさんそう言われます。日本三大がっかり観光地だって言われてますからね」

光は鮎を串からはずした。

「でも、桂浜（かつらはま）は雄大でよかったわねぇ。かつおの塩たたきも美味しかったし」

「そうなんですよ。いいかつおが入ったら、ここでもやりたいんですけどね」

光が二枚の長皿に載せ、鮎をふたりの前に置いた。

大ぶりの鮎は薄茶色に染まり、ぷっくりと膨らんで割れた腹から子がはみだしている。

「旨そうじゃないか」

「ほんとに大きい鮎だこと。そうか、子持ちなのね。味はどうかしら」

ふたりは鮎に箸を付けた。

「お嫌いでなかったら粉山椒（こなさんしょう）を振ってもらうと、風味が増して旨いと思います」

まな板を拭きながら、光がふたりに笑顔を向けた。

「こいつは旨いね。ぷちぷちと子が弾けるのもいいし、タレの染みた身もほくほくで美味しい。落ち鮎もいいじゃないか」

洋平が顔を向けると、霞は薄笑いを返した。

「ぼちぼち食わず嫌いは改めたほうがいいんじゃないかな。少しは頭をやわらかくして……」

「はいはい。お説教はもう充分。横でぐだぐだ言われると、美味しいものもまずくなるわ」

霞が声を荒らげた。

「申しわけなかった。ちょっとお手洗いに」

声を落とした洋平は、深いため息をつき、席を立った。

その背中を見送っていた光が、霞に向きなおった。

「いつもこんな感じなんですか？」

「こんな感じって？」

霞が目を見返した。

「冷たいっていうか、素っ気ないっていうか。うちの両親によく似てるんですよ。おふくろは名女将だと褒めそやされて、おやじの作る料理をいつもクソミソに言ってました。料理だけじゃない。おやじのすることなすこと、なんでもケチを付けてました。子どもながらに、おかしな夫婦だなぁと思ってました」

光は口の端で笑った。

「夫婦仲はどうだったの？」

鮎を食べながら霞が訊いた。

「よくはなかったと思います。おやじは仕事が趣味みたいなひとで、朝から晩までずっと料理の仕事をしていました。おやじが競走馬だとすると、おふくろは騎手みたいな感じで、しょっちゅうムチを入れてました。ただ、おやじはそれが嫌じゃなかったみたいで、競走馬っていうより、馬車馬みたいに働きっぱなしでした」

「今もそんな感じなの？」

「五年前の春におやじが亡くなり、その半年後に、あとを追うようにおふくろも亡くなりました。そこだけは仲がよかったのかもしれませんね」

光が口をゆがめて笑った。

「ご病気かなにかで？」

霞が切子のグラスに手を伸ばした。

「六年前におやじが難病になりまして、命に関わるような病気じゃなかったんですが、仕事ができなくなってしまったんです。料理の仕事だけが、たったひとつの生き甲斐だったんでしょうね。見る見る弱っていって、発症してから一年と経たずに亡くなったんです。おふくろは……」

光が言いよどんだのを見て、霞がグラスをゆっくりかたむけた。

「暗くて長い話になりますけど、続けていいですか？」

光が問いかけると、霞はこっくりとうなずいた。

「ご主人、少し遅いですね。大丈夫ですか？」

背伸びして、光が入口のほうを覗きこんだ。

「心配要らない。きっとコレだから」

霞がタバコを吸う真似をした。

「そうでしたか。喫煙家には見えなかったんですが」

「ふだんは吸わないの。よっぽど行き詰まったときか、感情の高ぶりを抑えなきゃいけないときだけ吸ってるの」

「なんとなく分かるような気がします」

光は宙に目を遊ばせている。

「ホテルは全館禁煙でしょ？　近くの喫煙所を探しているはずだから、しばらく帰ってこないと思うわよ」

霞が小鼻をゆがめた。

「お酒はどうされます？」

光が訊いた。

「おなじのでいいわ」

「お代わりお願いします」

光が声を上げると、雪が駆け寄ってきた。

「ご主人のほうはいかがいたしましょう」

洋平のワイングラスがほとんど空になっている。

「戻ってきてからにしたほうがよさそうね」

「かしこまりました」

雪が下がっていくのを目で追ってから、光が口を開いた。

「おふくろにとって、おやじはただの競走馬だったんだと思ったのは、難病に罹（かか）ったおやじが料理を作るのは難しいと分かるとすぐ引退させて、代わりの板長をよそから引き抜いてきたからです。たとえ料理をうまく作ることができなくても、監督っていうかコーチのような存在で調理場に居させてやればよかったのに、おふくろはそれをかたくなに拒んだんです」

「それはお父さまの病気を気遣ってのことだったんじゃないの？」

「それもあったかもしれませんが、おやじから料理を取ってしまったら何も残らないことは、おふくろが一番よく知っていたと思うんです。それなのに……」

光が唇を噛んだ。

「わたしから絵を奪うのとおなじなんでしょうね」

「そう。ぼくはその話をしたかったんです。霞山先生もきっとおやじとおなじ立場なんだろうけど、相方のご主人がちゃんと気遣っておられる。だからさっき、つい、うらやましいと言ってしまったんです」

「お父さまとおなじ立場、って、まさかあなた……」

霞は大きく見開いた目を白黒させている。

「お越しになったときから様子を拝見していて、たぶんおやじが罹った難病とおなじだろうなと思ったんです。失礼なことを言ってすみません」

光が頭を下げた。

「驚いたわねぇ。誰も気付かないだろうと思っていたのに」

「ぼくもおやじがおなじ病気に罹ってなかったら、まったく気付かなかったと思います。思うように手や指が動かなくなる難病があるなんて、たいていのひとは知りませんからね」

「お待たせいたしました」

雪が霞の前に酒を置いた。

「そうね。ものを落としたり、つかみ損ねたりしても、不注意だと思われてしまう。場合によっては老化現象だと言われたりするしね。たぶん主人もそう思っているでしょう。だから呑気（のんき）に京都へ移り住もうなんて言ってるんだわ」

霞が苦笑いした。

「それは違いますよ。ご主人はそのことに気付かれたからこそ、京都へ引っ越そうと思われたんじゃないですか。おやじとおなじ病気だとすれば、霞山先生はこれまでのように絵筆をふるうことができなくなります。それを見越して余生を京都でのんびり過ごそう。きっとご主人はそう思われたんだと思います。それを分かってあげなきゃ、ご主人が気の毒ですよ。生意気なことを言ってすみません」

小さく頭を下げてから、光は顔を上げて霞の目を正面から見つめた。

「若いって、いいわね。まっすぐに生きていける」

霞は潤ませた瞳を光に向けて続ける。

「わたしたちの歳になると、自分の気持ちを折り曲げたり、相手から折り曲げられたりしながら、くねくねと曲がった道を歩くようになるのよ。この指みたいにね」

　霞が開いた手を光に向けた。

「やっぱりおやじとおんなじだ。……辛いでしょ」

　光の瞳がきらりと光った。

「思いのままに指が動かない辛さより、あのひとに気付かれないようにするほうが辛かったわ」

　霞はおしぼりで目尻を押さえた。

「あのご主人が気付かないわけがないでしょう。霞山先生のことが好きでたまらない。そうご主人の顔に書いてありますよ。絵のことはよく分かりませんが、指の病気になってしまったら、あの大原みたいな細かい絵は描けなくなるんじゃないですか。あのときのぼくとおなじように、きっとご主人も指の難病のことを調べられたんだと思います。だからご主人は、ギャラリーにして作品を売ったり、絵の教室を開いたりすることを提案されているのですよ。そういうかたちで、先生が絵の仕事を続けられるように、ってお考えになったんでしょう。おやじが料理という仕事を失うのとおなじで、霞山先生が絵から遠ざかったら、きっと生き甲斐をなくすでしょう。形を変えて絵の仕事を続けながら、余生を過ごす。それには宇治田原は最高の環境ですよ。あの辺りはぼくも休みの日にツーリングで立ち寄るんですけど、ほんとうにいいところですよ。適当に田舎で、適当に都会で、セカンドライフにぴったりです」

光がやさしい笑顔を霞に向けた。

「主人の気持ちを代弁してくれてありがとうね。心の奥底のほうでは、そうなんじゃないかしら、と思いながら、でも、そこまであのひとが考えてくれているかしら、とも思ったりしてね。ひとを信じるって、簡単なようで実はとっても難しい。この歳になっても若いひとから教わることができるって、ほんとうにありがたいことね」

霞が潤んだ目をカウンターに伏せた。

「えらそうなことを言ってすみません。ほんとうはお客さまにこんな話をしてはいけないのですけど、なんだか他人事(ひとごと)に思えなくてつい」

神妙な面持ちで、光が両手を前で揃えた。

「どこまで行ったのかしら。いくらなんでも遅いわねぇ」

霞が話の向きを変えた。

「迎えに行かせましょうか？　たぶんチーフが喫煙できる場所へご案内したと思いますので」

「そうか。電話すればいいんだ」

霞がスマートフォンを取りだしてコールした。

「お待たせ」

スマートフォンを手にして洋平が戻ってきた。

「いったい何本吸ってたのよ。待ちくたびれたわ」

霞がむくれ顔を洋平に向けた。

「一本だけだよ。こっちに戻ってきて白川さんに消臭剤をスプレーしてもらってたんだ。大丈夫、匂いは消えてる」

洋平は袖のあたりの匂いを嗅いでから、元の席に腰をおろした。

「おあとはいかがいたしましょう?」

光が訊いた。

「わたしはもうお茶漬けぐらいでいいけど、あなたはまだ足りないでしょ。お肉でも焼いてもらったら?」

「そうだな。外をうろついていたらお腹が空いてきた。肉でももらおうか。でもメニューにあるのかな」

洋平が光に顔を向けた。

「赤身系か霜降り系、どちらもご用意できます。焼いてもいいですし、カツにでもできますよ」

「じゃあ赤身をカツにしてもらおうかな。実を言うとね、イタリアンのミラノ風カツレツが食べたかったんだよ」

洋平が霞に笑みを向けた。

「カツはあなたの好物よね」

霞が笑みを返した。

「かしこまりました。薄切りにしてチーズをアレンジしてみます。少々お時間をください。ワインはどうなさいます?」

光が訊いた。

「もう少し重いのをもらおうかな。冷えてないのがあれば」

「あると思います。なければほかのレストランから持ってまいりますので」

「よろしく頼みます」

うなずいた光が奥へ引っ込むと、待ちかねたように霞が口を開いた。

「さっきの話だけどね、引っ越しはいつにする? どうせなら早く京都に来て、紅葉を見られればいいんじゃないかしら」

「どういう風の吹き回しか知らないけど、ほんとうに決めたのかい？　さっきまでとぜんぜん違うじゃないか。狐につままれたみたいなんだけど」

洋平が目を白黒させている。

「京都の紅葉が見たくなったの。だったらついでに引っ越しちゃえばいいかと思ってね」

霞はなめるように酒を飲んだ。

「あなたらしいね。気が変わらないうちに契約をしなくちゃ。明日の朝、先方に連絡するけど大丈夫かい？　また気が変わったとか言わないでくれよ」

「なんなら一筆書きましょうか？」

霞がいたずらっぽい顔を洋平に向けた。

「霞山先生に念書を書けなど、畏れ多い限りでございます」

洋平はわざとらしく頭を下げた。

「考えてみたら、京都の絵を描くことがほとんどなんだし、こっちに住んでしまえば楽だわね。そう思いなおしたのよ。『平等院』ももう一度描いてみたいし、大原も別の角度から描いてみたい。でも、宇治からだと大原は遠いんでしょ」

「京都の南の端から北の端までって感じだからね。でも町田からよりは近いよ」

「当たり前じゃないの」

苦笑いしながら、霞が肘で洋平の腕を突いた。

「お待たせしました。こんな感じでいいですかね」

芳ばしい香りをまといながら、光が料理を運んできた。

「そうそう、こんな感じ。これが食べたかったんだよ」

目の前に置かれた染付の丸皿を見て、洋平が生つばを呑みこんだ。

「ランプ肉をたたいて、チーズパン粉を付けて揚げ焼きにしました。山椒塩か出汁醤油をつけて召しあがってください」

光は自信ありげに胸を張った。

暖簾の陰から、その様子を見守っていた雪がホッとしたような顔を霞に向けた。

「なんだか美味しそうじゃないの。ひと切れ残しといてね」

霞が横から覗きこんだ。

「ひと切れと言わずふた切れでもどうぞ」

洋平がにっこり笑った。

「取り皿にお使いください」

光が京焼の小皿を二枚カウンターに置いた。

そのあとふたりは、喉に刺さった小骨が抜けたような安堵の表情を交わしながら、和やかに食事を続けた。

ときおり光が言葉をはさむと、笑いの渦がさざ波のように広がっていく。

霞が目を細め、それを見て洋平が目尻を下げる。

雪は肩の荷がおりたように、口もとをゆるめた。

「イタリアンのシェフには申しわけないけど、今夜はこっちにして正解だったよ」

洋平がそう言うと、光は満面に笑みを浮かべ、深く頭を下げた。

「お茶漬け作りましょうか。鮭でもジャコでも、なんでもおっしゃってください」

「海苔茶漬けがいいなぁ。塩昆布とぶぶあられと、もみ海苔だけ。うんとワサビを効かせてね」

霞が答えると、洋平は大きく首を縦に振った。

「かしこまりました。おろしたてのワサビをたっぷり。涙が止まらなくても知りませんよ」

光が笑った。

◆

日野霞山先生ご夫妻がお帰りになったあと、下柳光が白川と一緒にわたしを訪ねてきました。

いつになく神妙な面持ちで、下柳が退職願を出してきたので、いったい何ごとかと白川に訊きましたら、ホテルマンとしてあるまじき振る舞いをしたと下柳が落ち込んでいると言うのです。

「お客さまに意見をするなんて、とんでもないことだと思います。ましてや、ぼくのような若輩ものが、霞山先生のような大家に向かって、お考えを否定して、自分の考えを述べるなど、とんでもないことをしてしまいました。加地の親方にも申し開きができません。幸いにして先生からも、ご主人からもおとがめはありませんでしたが、ぼくが出過ぎたことをしたことに間違いはありません。『京都スタアホテル』のスタッフとして、あってはならないことだと深く反省しておりますが、謝って済むことではないと思っておりますので、責任を取らせていただきます」

下柳がこんな真剣な顔をするのは初めてのことです。

急なレストランチェンジでしたから、ずっと気に掛けておりましたが、まさかそんなことになっていたとは、思いもしませんでした。

「たしかに下柳くんの言動は、お客さまに対して過ぎたるものだったと思います。常々支配人がおっしゃっておられる、ゲストファーストを逸脱した言動だったことは否定できません。どんな事情があれ、また、結果的に事なきを得た、と言いましても、その行いを肯定することはできません。傍に居りながらそれを止めることができなかったわたくしも連帯責任を負うべきだと思いますので、下柳くんが辞するのであれば、わたくしもそれに倣わせていただきます」

姿勢をただして白川が唇をまっすぐ結びました。これもめったにないことです。

「ひとつ訊いてもいいかな？」

下柳に問いかけました。

「なんでしょう」

「土足から白足袋に履き替えましたか？」

「もちろんです。いつも支配人やチーフから聞いてますから、そこだけはちゃんと」

下柳が胸を張って答えました。

「分かりました。白川くんから聞いた話だと、たしかに下柳くんの言動は、ホテルマンとしては行きすぎたものがあります。『京都スタアホテル』の伝統を踏まえるなら、スタッフとしてふさわしくない言動と判断せざるを得ません。しかしながら、何よりお客さま第一主義という面から考えると、非難すべきこととは言えません。何より日野さまご夫妻がこれまでにない笑顔でお帰りになったことが、それを証明しています。したがってこの退職願は返しておきます」

退職願を返すと、白川もホッとしたような顔を下柳に向けました。

こうして今日もまた、『京都スタアホテル』の歴史に新たなページが書き加えられました。

ホテルスタッフとお客さまの関係、あるいは距離感というものは、時代によって変わるべきものだろうと思っております。

これまでの時代であれば、いくら意見を求められたとしても、プライバシーに関わることには立ち入らないのを原則としてまいりました。

しかしながら、ときには家族同然の気持ちになって応対することも、これから先の時代には求められているのかもしれません。もちろん常々言っておりますとおり、そんなときには、用意しておいた白足袋に履き替えなければなりませんが。

多くのゲストと接触する料飲部門の責任者として、どう対処していくべきか、実に悩ましいところですが、立ちどまる余裕はありません。日々動きながら、たいせつなスタッフたちとともに、考えを進めていくことといたしましょう。

『京都スタアホテル』の歴史を積み重ねていくのは並大抵のことではありませんが、明日はどんなゲストをお迎えすることになるのか、高揚感を持って一日を終えることができるのはしあわせなことだと思っております。

第五話　『アクア』の嫁ぎごはん

ホテルの華と言えば、なんといってもウエディングです。人生の節目におけるビッグイベントをどう演出し、一生思い出に残る宴を創りあげるか、ホテルスタッフの最大の腕の見せどころと言っても過言ではありません。もちろん料飲部長として、わたくし北大路直哉も、重大な責務を担うことに誇りを持っております。

それだけに、逆に言えば絶対に失敗は許されないということでもあります。もちろんホテルにとって、失敗してもいいイベントなどひとつもないのですが。

例年ですと秋の婚礼シーズンと、ジューンブライドと呼ばれる六月ころは、胃が痛くなるほどウエディングが重なるのですが、今年はまったく様相が異なっております。

コロナ禍によって、通常どおりのウエディングパーティーを催されるお客さまが激減いたしました。延期、もしくは中止という方も少なくありませんが、リモート方式を採用される方が増えてまいりました。

リモート方式と申しますのは、会場に出席されるのはご本人たちと近しい親族の方のみで、ほかの方々はウェブ上での出席という形のことでございます。

手前どもホテル側といたしましては、売上が大幅に減少いたしますので、正直に申しあげますと、大変辛いものがございます。しかしながら、人生最大と言ってもいい晴れの舞台ですから、スタッフ一同全力をあげて取り組まねばなりません。

ホテルによって、それぞれ取り組み方が異なりますが、当『京都スタアホテル』におきましては、極力みなさまが実際に披露宴に列席しているようなリアル感を味わっていただけるよう、さまざまな工夫を凝らしております。

その象徴とも言えるのが、婚礼料理の宅配でございます。リモートで出席される方々のお手元に料理をお届けし、披露宴の進行に合わせてみなさまご一緒に召しあがっていただこうという趣向でございます。この方式ですと、会場にご出席いただいている感覚にかなり近づけるものと自負いたしております。

それでもやはり、これまでに数々のウエディングを間近に見てきた身としては、物足りなさを感じてしまうのは当然のことで、大変悩ましいところでございます。

そこでさらに考えを巡らせ、思いついたのが、ご新婦さまの思い出にちなむ料理を取り入れることでございます。

先日『京都スタアホテル』にお越しいただき、『綾錦』でお鮨を召しあがられました鴨川こいしさまは、『鴨川探偵事務所』の所長を務めておられ、思い出の食を捜して再現するというお仕事をなさっておられます。

それをヒントにさせていただいたというわけでございます。基本的にご新婦さまと限定させていただいておりますのは、大方が新郎さまのところに嫁がれるわけでして、つまりは生まれ育ったご実家から離れられることになるからです。その名残惜しさを、リモートでご出席いただいている方々と共有していただき、ご両親さまへのねぎらいの気持ちを表そうとするものでございます。

もちろんご希望があれば、新郎さまの思い出の料理を取り入れることもあるのですが、そういったケースは非常に稀でして、やはりご新婦さま思い出の料理をアレンジすることがほとんどでございます。

そんなリモートウエディングを明日に控えたお嬢さまが、最後の一日をお母さまとおふたり水入らずで過ごされております。

桧山杏夏さまは早くにお父さまを亡くされ、ずっとお母さまの冬美さまとおふたりで過ごされてこられたのですから、どちらもきっとお寂しく感じておられるでしょう。

今朝は亡きお父さまの墓前に報告に参られているとお聞きしております。そのあとはホテルにお戻りになり、ひと休みされたあと、おふたり最後の晩餐を召しあがる予定になっております。

『グランメゾン・アクア』でごゆっくり召しあがるようお奨めしたのですが、お母さまのたってのご要望で、明日のウエディングパーティーでお出しする料理の、試食をしていただくこととなりました。

もちろん杏夏さまにも、新郎になられるご主人さまにも、すでにご試食いただき、ご納得いただいております。

料理につきましては、杏夏さまのリクエストメニューを何品か取り入れております。ご両親への感謝を込めた料理、通常の披露宴ではお目に掛かれないような、特別な料理ということで、料理長もずいぶんと苦心したようでございます。

リモートで出席される方々のところには、すでにクール便でお料理をお届けしております。今回初めての試みとして、食器も一緒にお送りしておりまして、進行に合わせて料理も進めてまいります。盛付の写真も同封しておりますので、それを参考にしていただき、冷たいものはそのままで、温かい料理はレンジで温めていただくだけになっております。

少々お手間を取らせてしまいますが、より会場との一体感は増すものと思っております。

杏夏さまはそれほど案じておられないのですが、冬美さまはたいそう心配なさっていて、実際に自分たちもリモート体験をしておきたいとおっしゃったのです。

そこで今夜は『グランメゾン・アクア』の個室をご用意し、出席されるみなさまのご家庭さながら、レンジで温めたり、お皿に盛り付けたりを体験していただくことになりました。

いわば当日の最終リハーサルということになります。杏夏さまは明日の本番で、お母さまに特別料理のサプライズを、と思っておられたようで、少し残念がっておられました。

近ごろは、会議やセミナー、講演会などがリモートで行われる機会が増えており、おかげさまで当方もようやく慣れてまいりました。当初は難渋しておりましたカメラワークも、在阪テレビ局のディレクターさんから手ほどきを受け、うちのスタッフもかなり上達いたしました。

来賓の方々のご挨拶から、新郎新婦のお色直し、ケーキカット、出席者さまからのお祝いのお言葉などをはさみながら、と進行につきましては、熟達のタイムキーパーも控えておりますので、万全の態勢が整っております。

あとはリモートでご出席いただいている方々が、うまく料理をご準備してくださることを願うばかりでございます。そんなこんなで、今夜のお食事は、わたくし北大路が付きっ切りでお世話させていただくことになっております。

おふたりがお墓参りに行っておられるあいだに、わたくしはこれから『グランメゾン・アクア』のシェフやスタッフと、念入りに下準備をしてまいります。

1

寺町通鞍馬口を下がってすぐのところに建つ『天寧寺』は、山門を額に見立てると、その眺めが一幅の絵のように見えることから名付けられた〈額縁門〉でよく知られる曹洞(そうとう)宗の寺院である。

京都西陣で帯問屋を長く営む桧山家の菩提寺であり、杏夏の父で冬美の夫だった治夫もその墓地に眠っている。

広い墓地の東端に建つ墓石は、比叡山を背にしている。梅雨に入ってから初めてと言ってもいいような、澄んだ青空を見上げた杏夏は、まぶしげに目を細めた。

「お父さんは雨が嫌いやったさかい、きっと喜んではるわ」

「そうね。よう晴れてくれた、て笑ってはる」

山吹色のツーピースを着た冬美が、花の包みを解いた。

「雨が嫌いやさかい木槿の花が好きやったん？」

屈みこんだ杏夏は、たわしで墓石をこすっている。

「たぶんそうだと思う。うちの庭の木槿は、不思議と梅雨が明けると同時に咲きはじめるから。子どものころからずっとそうだった、って治夫さんが言ってた」

冬美は音を立てて花鋏で木槿の茎を切った。

「今年もそうなんやろか。うちはもう見られへんけど」

ネイビーのワイドパンツに、白いロングシャツを着た杏夏は、寂しげな顔をして柄杓で墓石に水を掛けた。

「咲いたら写真に撮って送ってあげる」

右側の花立に木槿を入れながら、冬美が杏夏に笑みを向けた。

「木槿と芙蓉の区別がつかへんのやけど、お母さんは分かるん？」

杏夏は左側の花立に木槿を入れて、しげしげと眺めている。

「花だけだと分かりにくいけど、木槿は葉っぱが小さいから、それで区別するって治夫さんから教わった。正直、今でも間違うときがあるけどね」

冬美は花の向きを整えてから立ちあがった。

「修学旅行で沖縄へ行ったとき、ハイビスカスを見て、木槿の花や！　て言うたら、友だちに笑われたわ。抜く毛て聞こえたみたいやねん。ふつうの女子高生は木槿の花なんて知らんわなぁ」

杏夏も立ちあがって、ワイドパンツの裾をはらった。

「つまずかないよう気を付けてね。香炉に頭をぶつけないで」

冬美が杏夏の肘を支えた。

「大丈夫やて。子どもやないんやから」

杏夏が苦笑いした。

「あんなに驚いたことはないわね。泣きながら起き上がってきた杏夏の顔が、血だらけだったんだもの」

「薄らと覚えてる。なにがなんやら分からへんかったけど、お父さんとお母さんが大騒ぎしてるから、えらいことになったんやろなぁと思うてた」

「後にも先にも、治夫さんに手ひどく怒られたのはあのときだけだった。——なんで手をつないどかへんのや。ご住職に言うて、早う救急車呼んでもらえ——。あのときはほんとうにうろたえたわよ」

「いくつのときやったん?」

杏夏が竿石に柄杓の水を掛けた。

「治夫さんが亡くなる前の年だから、杏夏が六歳のときね」

冬美がそれに続いた。

「六歳にもなって、お墓でつまずくやなんて、どんくさい子やったんや」

「治夫さんに似て、杏夏は小さいときからせっかちだったのよ。両手にたわしを持って、お墓に一番乗りしようとして」

「お墓をそうじするのがうちの仕事やて、ずっと思うてたし」

杏夏が線香に火を点けた。

「いつの年だったか、台風が来てるからお墓参りはやめようかって、治夫さんと話してたら、杏夏が突然泣き出したからびっくりした。おもちゃが欲しいとか言って駄々をこねる子どもはよくいるけど、お墓参りに行きたいと言って泣きじゃくる子どもなんていないもの」

冬美は花立に水を足した。

「ほな、行ってくるしな。次は彼と一緒に来るけど、いつになるか分からへんねん。彼の仕事は今めっちゃ忙しいさかい。ごめんな」

杏夏は目に薄らと涙をためている。

「明日、杏夏がお嫁に行くんですよ。あなたとの約束はちゃんと果たしましたよ。杏夏はどこに出しても恥ずかしくない娘になりました。杏夏の花嫁姿をじかに見られないのは寂しいでしょうけど、たくさん写真を撮って持ってきますから、愉(たの)しみに待っていてくださいね」

手を合わせる冬美の頬を、ひと筋の涙が伝った。

「よかったな、て言うてはる」

杏夏は潤んだ瞳で、じっと墓を見つめている。

「ほんとうに、ありがとうございました」

冬美が深く腰を折った。

2

『グランメゾン・アクア』は『京都スタアホテル』のフラッグシップレストランである。

高い格式を誇りながらも、親しみの持てるレストランとして、内外の評価も高い。長年料理長を務めている上村信夫（かみむらのぶお）は、本場フランスでの料理経験も豊富で、〈水の料理〉を標榜（ひょうぼう）するベルナール・ロワゾーに師事した数少ない日本人シェフとしても知られている。

ロワゾーに敬意を表して『アクア』と名付けたのも上村であり、重すぎないフレンチを、と主張し続けている。

フレンチの枠にとらわれず、和食や中華の技法も取り入れたヌーベル・キュイジーヌと、オーソドックスなフレンチを両立させるのが、上村の最大の特徴であり、武器だとも言える。古典か創作かという二者択一ではなく、ゆるやかに二者を融合させようというのが、上村の料理哲学だ。

　そんな上村の料理は、婚礼の披露宴でも抜群の人気を誇っていて、婚礼のシーズンになると、メインダイニングである『グランメゾン・アクア』と宴会場フロアを掛け持ちで走り回る上村の姿は、仲間うちでは名物となっていた。

　しかしここ最近は、残念ながらそんな光景を見る機会はめっきり減り、むしろ手持ち無沙汰にぼんやり窓の外を眺める姿が、上村のトレードマークになってしまった。

　それだけに今回の試みについては、上村も並々ならぬ意欲を見せている。すべての料理を自ら手掛けるのはもちろんのこと、和食や中華の料理長とも打ち合わせを重ね、器のセレクトも行った。

　一番の問題は、客の手でどこまで正確に再現できるか、である。電子レンジで加熱する料理については、一般的な家庭用の電子レンジを何台も並べて検証し、冷製料理については、解凍の方法についても、さまざまな実験を重ねた。

　懇切丁寧な説明書を添付したが、年輩のスタッフからは、記述が複雑すぎて手が掛かりすぎるのでは、という意見も多く出た。

　検討を重ねた結果、当日は二元中継のかたちを取り、披露宴の様子を映し出すカメラと、調理の手順を説明するカメラを切り替えられるようにした。

万全の態勢を整えたつもりでも、どこかに小さな穴が開いているのが、こういう仕事の常である。幾ばくかの不安を抱えていた上村にとって、桧山母子からの提案は、まさに渡りに船だった。

七階のエレベーターホールで、北大路と離れて並び、上村は落ち着かない様子で、桧山母子の来店を待ちわびている。

「うまいことといったらええんですけどねぇ」

「大丈夫。何度もリハーサルしたのだから」

北大路が笑顔を上村に向けた。

「お客さまのほうからご提案いただけるやなんて、ほんまにありがたいことですね」

「お嬢さまを嫁がせる前の夜だから、余計なことはお考えにならずに、ゆっくり水入らずでお過ごしください、と何度も言ったんだけどね。お母さまの冬美さんは、そういう方なんだよ。きっと亡くなったお父さまに対しての責任を果たそうとしておられるんだろう」

「うちの嫁はんとえらい違いですわ。なんでもかんでも、わしに責任を押し付けて、あとは知らん顔しとる」

上村は口ひげを撫でながら苦笑いした。

「お着きになったようだよ」

到着を知らせるランプが点滅しているのに、北大路が目を留めた。

「ようこそお越しくださいました」

ドアが開くとすぐに一歩前に出て、上村がふたりを出迎えた。

「まぁまぁ、お揃(そろ)いでお出迎えいただいて恐縮です。大した客ではありませんのに」

黒留袖(くろとめそで)姿の冬美が腰を折った。

たとえリハーサルといえども、本番とおなじ心持ちで臨もうという冬美の内心に、北大路は胸を熱くしている。

「行き届かぬこともあろうかと思いますが、どうぞご遠慮なく、なんなりとおっしゃってくださいませ」

ディレクタースーツ姿の北大路が深々と一礼した。

「ひとつだけお断りせんならんのですけど」

上村が姿勢をただした。

「なんでしょう？」

「明日のリハーサルをしていただくにあたって、参考にさせていただきたいので、個室のなかにカメラを設置させてもろてます。わたしとスタッフはそれを厨房(ちゅうぼう)のなかで拝見しながら、料理を進めさせていただきたいと思ってますが、それでは落ち着かへんようやったら、外させてもらいますけど」

上村が遠慮がちに言った。

「外すだなんて、とんでもないです。なんでしたら、ずっと横に居ていただいてもかまいませんよ。どうぞお気になさらずに」

冬美が顔を向けると、杏夏もこっくりとうなずいた。

「ほんまにすみませんねぇ。余計なお手間を掛けてしもうて。『京都スタアホテル』さんやったら、あんじょうやってくれはるさかい、前の日までリハーサルみたいなことをせんでええて、なんべんも言うたんですけど、母が頑固なもんやさかいに」

ラベンダー色のドレスを着た杏夏が、頭を下げながら、皮肉っぽい微笑を冬美に向けた。

「いやいや、念には念を入れんとあきません。こちらとしてもありがたい限りです」

上村は北大路と顔を見合わせて、二、三度うなずいた。

「それでは個室のほうへご案内いたします」

北大路が手のひらを伸ばした。

「どうぞごゆっくり。て言うても、あんまりゆっくりはできませんね」

笑顔を残して上村が小走りに厨房へ向かった。

『グランメゾン・アクア』は『京都スタアホテル』のメインダイニングとなっているだけに、黒を基調とした豪華な内装で、照明も落としてある。劇場へ通じるようなアプローチにはピンスポットのライトが点在し、先導する北大路を天井から照らしている。

『グランメゾン・アクア』はダイニングフロアのほかに個室が三つ並んでいて、一番手前にあるのが六名定員の〈風〉。一番小さな部屋である。

「どうぞお入りください」

北大路がドアを開けた。

「こんなお部屋があったんですね。とてもいい眺めだこと」

先に部屋に入って、冬美が窓辺に立った。

「そうか。お母さんは初めてなんやね。この前の打ち合わせはここでさせてもろた。彼もこの部屋気に入ってはったわ」

杏夏が横に並んで窓の外に目を遣（や）った。

「先ほど上村が申しておりましたが、あの隅にカメラを付けさせていただきました。無粋なことで申しわけありません」

ドアの横に小さなワゴンが置かれていて、その真ん中にカメラが設置してある。レンズの上の赤いランプが点灯して、すでに撮影が始まっていることを知らせている。

「こんなおばあさんは絵にもならないでしょうから、カメラは杏夏に向けておいてくださいね」

「そんなん言わんといて。緊張するやんか」

杏夏がカメラを覗きこんだ。

「全体の動きを拝見するだけですから、どうぞお気楽になさっていてください。ご出席のみなさまには、シャンパーニュと、赤白のワインをお送りしておりますので、今夜もおなじワインをお出ししようと思っておりますが、それでよろしいでしょうか」

北大路がにこやかな顔をふたりに交互に向けた。

「はい。ただし量が過ぎないように、適当なところでお声を掛けてくださいね。二日酔いにでもなったら洒落になりませんから」

「お母さんは底なしやから大丈夫やて。気ぃ付けんならんのはうちのほうや。弱いくせに飲みすぎるほうやさかい」

「かしこまりました。ぶしつけなことを申しあげるかもしれませんが、お気を悪くなさらないでくださいね」

北大路が苦笑いした。

「カメラがあるのを忘れないようにしないと」

冬美がカメラに向かって、小さく咳(せき)ばらいをした。

「それでは準備してまいりますので」

北大路が部屋をあとにすると、すぐに数名のスタッフが現れ、テーブルの上を整えはじめた。

北大路の指示で、可能な限り明日の本番とおなじようなテーブルセッティングをしようとしているのだ。

「どんな料理が出てくるのか愉しみ。杏夏は試食だけじゃなく、メニューのリクエストまでしたんだって？」

冬美はおしぼりで手を拭いている。

「ほんとは内緒にしときたかったんやけどなぁ」

杏夏が水で喉を潤した。

「なんで内緒にしなきゃいけないのよ。ひょっとして生牡蠣(なまがき)が出てくるんじゃないでしょうね」

「そんなん出てくるわけないやん。披露宴の途中でお母さんが具合悪ぅなったら、大ごとになるやんか」

　杏夏が苦笑いした。

「じゃあ、くさや？」

「なんでお母さんの苦手なもんを出さんとあかんのよ」

「でも、内緒にしておきたかったたって言うんだから」

　冬美が首をすくめた。

「その逆やねん」

「そっかぁ。大好物のオマールのビスクスープが出るのね」

　冬美が大きく目を見開いた。

「お母さんて、そない単純なひとやったっけ」

　杏夏が大げさにため息をついてみせた。

「ひょっとしてお父さんの好物かな？」

　冬美がいたずらっぽい笑顔を杏夏に向けた。

「さぁ、どうなんやろね。お愉しみに、て言うとくわ」

「図星っていうわけね。たった七年しか一緒に居られなかったけど、お父さんの好物はちゃんと覚えてくれてるんだ」

「ちゃんとかどうかは分からへんし、お母さんから聞いた話で、勝手に想像してるだけやろと思うんやけど。仕事ばっかりして、あんまり遊んでもろたりしてなかったから、お父さんのことはぼんやりとしか覚えてへんわ」

杏夏が遠い目を宙に遊ばせた。

「お待たせいたしました。ご来賓の方からご祝辞をいただいたあと、シャンパーニュで乾杯していただき、ひと品目のお料理をお召しあがりいただきます。最初は〈祝菜〉と名付けました前菜でございます。こちらは冷菜になっておりますので、解凍してそのままお召しあがりになれます」

北大路が料理を運んできた。

金の縁取りが入った丸い洋皿には、『京都スタアホテル』のロゴがプリントされている。

「冷蔵庫で解凍したのですね」

赤縁の眼鏡を掛けて、冬美が説明書に目をとおしている。

「さようでございます。ローストビーフと冷製オマールは上村自慢の料理で、野菜の飾り切りは『白蓮』の料理長が手がけました。数の子とアワビの酒蒸し、鯛の昆布〆は『禊川茶寮』の料理長がお作りいたしました。どうぞごゆっくりお召しあがりください」

北大路が説明を終えると、スタッフがふたつのフルートグラスにシャンパーニュを注いだ。

「ニンジンを亀に、ダイコンを鶴に見立てて飾り切りしてあるねんよ。凝ってるやろ」

杏夏が箸でつまみあげた。

「本当に。よくこんな細かい細工ができるものね」

冬美がしげしげと見ている。

「うん。どれも美味しい。やっぱり『京都スタアホテル』にして正解やった」

口を動かしながら、杏夏が何度もうなずいている。

「でも、おとなしい旦那さまでよかったわね。ほとんど杏夏が決めたんでしょ」

「真一さんはなんでもうちの言うことを聞いてくれはるねん。きみの好きなようにやればいいよ、て。ほんまありがたいわ。料理のことも口出ししはらへんし、お花やらの飾りもんもまかせてくれはる。来賓のひとの挨拶の順番ぐらいかなぁ、真一さんが決めはったんは」

「わがままに付き合ってくださる旦那さまと出会えて、ほんとうにあなたはしあわせね」

「ほんまに感謝してる。真一さんがリクエストしはったこと言うたら、白無垢を着てほしい、だけやったし。結婚してからもこのままやったらええんやけど、そうはいかんやろな」

「当たり前じゃないの。結婚したあとは、あなたが真一さんの言うことをなんでも聞いてあげなきゃ」

ローストビーフを食べながら、杏夏が両肩をすくめた。

「今はそんな時代やないでしょ。お母さんのときとは違うて、亭主関白は流行らへん」

冬美がアワビに箸を付けた。

「流行るとか流行らないとかじゃありません。妻たるもの、夫に仕えてこそ、家庭がうまくいくのよ」

冬美が語気を強めた。

「またそんなカビの生えたような、古臭いこと言うてる」

杏夏が小鼻をゆがめた。

「お食事中おそれいります。このあとは〈清羹〉としましてコンソメスープをお出しするのですが、パッキングされた袋ごと湯煎していただくのをお奨めしておりまして、まことに無粋ではございますが、コンロとお鍋をお持ちしてよろしいでしょうか」

北大路がビニールパックを手にして現れた。

「もちろんです。どうぞお持ちくださいませ」

冬美が説明書を手に取ると、北大路はスタッフに目くばせした。

「利尻昆布とスッポン、野菜のブイヨンで出汁を取りまして、早松のスライスを浮き実にしております」

「早松をこの時季に手に入れるのは、難しかったんじゃありません？　早いにもほどがある、でしょ」

冬美がビニールパックに目を遣った。

「上村ががんばってくれました。彼は信州の出身ですから、松茸山を持っている友人が何人か居るそうです」

「秋でもなかなか国産の松茸て食べられへんのに、梅雨のさなかに食べられるやなんて、贅沢の極みやね」

杏夏が舌なめずりした。

「失礼します」

スタッフがテーブルワゴンに載せてカセットコンロを運んできた。

「あらかじめ沸かしておきましたので、もう鍋に入れていただいてけっこうです」

北大路がコンロに火を点けて、鍋の蓋をはずした。

「ままごと気分で愉しいわね」

冬美がふたつのビニールパックを鍋のなかに沈めた。

「スープボウルも温めておいていただくよう、説明書には書いておりますが、こちらもすでに温めておきました。火傷に気を付けていただくように、とも書き添えております」

北大路の言葉を聞いて、冬美は説明書をたしかめている。

「ここまで丁寧に書いていただいていれば、みなさん安心してお作りいただけるでしょうね」

「説明書も何度もチェックして、ミーティングを重ねてまいりましたので、大丈夫だと思っております」

コンロの火を止めて、北大路が胸を張った。

「このトングも付けていただいたんですか？」

「はい。お湯から取りだすのに火傷なさらないよう、お付けいたしました」

「至れり尽くせりやね」

　杏夏が笑った。

　北大路が見守るなか、冬美がパック詰めされたスープをボウルに移し、テーブルに置いた。

「ええ香りやね」

　鼻を近づけて、杏夏がうっとりと目を閉じた。

「家庭では絶対に真似できないわね。シンプルな料理ほど難しいの」

　スプーンを手にして、冬美がじっと黄金色のスープを見つめている。

「美味しい。たしかにプロの味やけど、なんかお母さんが作ってくれるおすましにも似てる気がする」

　コトリと音を立て、杏夏がスプーンをソーサーに置いた。

「そんなわけないでしょ。うちのお吸い物に似てるだなんてシェフに失礼よ」

　冬美がたしなめた。

「けど、ほんまのことやもん。風邪ひいたときに作ってくれる、あの熱々のおすまし、あれと匂いまでよう似てるやん」

　杏夏が食いさがった。

「これってショウガは入ってます？」

冬美が北大路に訊いた。

「少々お待ちください。シェフに訊いてまいります」

北大路が下がっていった。

「あなたは風邪ひきさんだったからね。身体のなかから温まるようにと思って、お吸い物にはかならずショウガの絞り汁を入れてたの。もし似ているなら、それかもしれないわね」

「ショウガかぁ。もし入ってたらなんとなく所帯じみるね」

杏夏が苦笑いすると、息せき切って北大路が戻ってきた。

「ご明察どおりでございます。ショウガはごくわずかな香り付けに入れただけなのに、よく気が付かれたと、シェフが驚いておりました」

「前言訂正。ショウガが効いてて、高貴な味がする」

杏夏が破顔一笑した。

「お母さんはぜんぜん気付かなかったけどねぇ。でも、杏夏はそんな味覚が鋭かったっけ」

冬美が杏夏に流し目を送った。

「やっぱりバレてしもうたか。ほんま言うたら、うちが頼んどいたんよ。スープ系で思い出に残ってるのがあるか、てシェフに訊かれたさかい、お母さんがよう作ってくれたおすましの話をしたん。これこれこういう味で、これを飲んだら身体がぽかぽかして、いっぺんに風邪が治ったて」

杏夏がいたずらっぽい目をして笑った。

「そんなことだと思ったわ。あなたはあんまり料理が得意じゃないし、もっといろいろ教えておけばよかったと後悔してたんだから」

冬美が襟元を整えた。

「次の魚介料理を準備してまいります。白ワインをご用意しておりますので、少々お待ちくださいませ」

北大路が下がっていった。

「あのおすましの作り方を書いといてな。真一さんが風邪ひかはったときに飲ませたげんと」

「お吸い物だけじゃなくて、いくつか料理のレシピを書いて送るわね。仕事が忙しくてそこまで手が回らなかったから」

冬美はナプキンで口もとを拭っている。

「お店も大変なんやろなぁ。コロナで着物を着るひとも減ったんと違う？」

「減ったなんてものじゃないわね。うちはおかげさまで、治夫さんがお得意のお客さまをたくさん作っておいてくださったから、なんとか続けられてるけど、廃業された同業の方も少なくないのよ」

「どんな商売もたいへんやろけど、和装は特にきついなぁ」

杏夏が小さくため息をついた。

スープのあとの魚介料理は、伊勢海老のブイヤベース仕立てだ。これもパッキングされていて、スープとおなじように湯煎する。

丸皿に盛り付けた写真も添えられているので、それを見ながら杏夏が料理を整えていく。

「そうそう。思ったより手際がいいじゃない。盛付は腕っていうより、センスだからね」

「そんな言い方したら、腕が悪いみたいやんか」

杏夏が頬を膨らませた。

「あら？　褒めたつもりだったんだけど」

冬美が杏夏に流し目を送った。

「まぁ、美味しいから、なんでもええわ。許したげる」

杏夏が小さく笑った。

ふたりの話は尽きることがなく、食事の手を止めては話しこんで、を繰り返している。

「ご歓談中おそれいります。少々時間が押しておりまして、次のお料理を出させていただきたいのですが、よろしいでしょうか」

「どうぞどうぞ。少しゆっくりしすぎましたね」

冬美が急いでスプーンとフォークを手にした。

「急かして申しわけありません。この間にスピーチやお祝いの歌などが入りますので、シミュレーションどおりに進行させていただければと思っております」

「次はアレですね」

杏夏が意味ありげに笑った。

「はい。おしのぎをお出しします」

北大路が笑みを返した。

「魚介料理の次はお肉じゃないんですか？」

「メインディッシュの前に、杏夏さまのリクエストで、小さなおしのぎを出させていただきます」

「お赤飯かなにか？」

「何が出てくるか愉しみにしてたらええやん」

　杏夏が冬美の肩をたたいた。

「少々お待ちくださいませ」

　北大路が下がっていった。

「どうなることかと心配したけど、こういう趣向も悪くないわね。ほんとうにままごとみたいで愉しい」

　冬美が魚介料理をさらえた。

「ここまで考えるのがたいへんやったんよ。シェフも根気よう付き合うてくれはったわ。面倒くさいことばっかり言うたのに」

　杏夏がスプーンを皿に置いた。

「まさかこんな形の披露宴になるとは、治夫さんは夢にも思ってなかったでしょうね」

「こんな形もなにも、うちが結婚するとこなんて考えてはらへんかったやろ。七歳のうちしか知らはらへんのやから」

「さぁ、どうかしらね。父親っていうのは、娘が生まれたら真っ先に嫁ぐ日のことを考えるらしいから」

冬美が窓の外に目を遣り、時計の針を戻した。

――学歴やとかはどうでもええ。問題は人柄や。杏夏をだいじにしてくれる、やさしい男を選ばんとあかんで――

杏夏が公園のブランコに揺られているのを見て、治夫は突然そんなことを言い出した。あのときすでに死期を悟っていたのだろうか。

――そんな先のことまで考えなくてもいいじゃありませんか。それより鉄棒を教えてやってくださいな。まだ逆上がりができないんですから――

――女の子は逆上がりなんかできんでもええ。きれいな手のままがええんや――

「どうかしたん？　ぼーっとして」

杏夏の言葉に、冬美はあわてて視線を戻した。

「いいひとに巡り合えてよかったな、と思ってるの」

「なんやの、今さら。たしかにありがたいことやと思うてる。なんでもうちの言うこと聞いてくれはるし。真一さんのご両親もやさしいしな」

杏夏が満面の笑みを冬美に向けた。

「お父さんもきっと喜んでる」

冬美が目を潤ませた。

「お待たせいたしました。おしのぎのエビドリアをお持ちしました」

小さなグラタン皿をふたつ銀盆に載せて、北大路が傍らに立った。

「やっぱりね。そうじゃないかと思ってた」

冬美が顔をほころばせた。

「お父さんの大好物やったよね。うちはうろ覚えなんやけど。お母さんがよう仏壇に供えてたさかい」

「正確に言うとね、もともとは仁子（きみこ）さんの好物だったの。しょっちゅうリクエストするから、わたしもてっきり最初は治夫さんの好物だと思い込んでたんだけど、あるとき酔っぱらって白状したのよ。実は、って」

冬美が寂しげに笑った。

「そうやったん。ぜんぜん知らんかった。まぁ二歳のときに死なはったんやから、覚えてるわけないけど」

「二歳のときの記憶ってほとんどないわよね。覚えてもらってないって、母親としては寂しいでしょうけど」

　ふたりの話が途切れるのを待って、北大路が口を開いた。

「オーブンレンジをお持ちの方はオーブンで、レンジだけの方はレンジで温めていただくよう説明書に記載しております。軽く焦げ目を付けてありますので、レンジでも美味しく召しあがっていただけると思います。こちらではオーブンを使わせていただきます。あとタバスコの小袋も添えておきましたので、お好みでお使いください」

　北大路がオーブンレンジの扉を開けた。

「披露宴でドリアが出てくるとは、みなさんびっくりされるんじゃないでしょうか」

　ドリアをなかに入れて、冬美が説明書を見ながら、タイマーを操作している。

「その旨、説明書に書き添えてありますので、みなさま杏夏さまのお気持ちも一緒に召しあがると思います」

　北大路が説明書を指さした。

「ご丁寧におそれいります。お父さん照れてるかもしれないわね」

　冬美は北大路に会釈してから、杏夏に向きなおった。

「そうかぁ、仁子母さんの好物やったんか。おかしいなぁと思うてたんよ。お父さんはお肉大好き人間やったて聞いてるのに、ドリアて女のひとの好きそうなもんが好物て、なんか不思議やった」

「きっと仁子さんのことを懐かしんで食べてるうちに、好物になったんでしょ。治夫さんらしいわ」

オーブンレンジを見ながら、冬美が口もとをゆるめた。

「うちが知らんことは、まだまだようけあるみたいやね。そもそもお父さんとお母さんのなれ初めもしらんやん。今のうちに聞いとかんと」

「そんなこと今さら聞いても仕方ないでしょ。恥ずかしいわ」

冬美が北大路を横目で見た。

「席をはずしましょうか」

北大路が遠慮がちに言った。

「お気遣いは感謝しますけど、どうせカメラも入ってるんだから、出ていかれてもおんなじでしょ」

冬美が笑った。

「カメラもなく、わたしも居ないものと思ってお話を続けてください」

北大路は耳をふさぐ仕草をした。

「わたしが福井の呉服屋に勤めていたことは知ってるでしょ？　そちらで展示会をしたときに、治夫さんとよく一緒になったの。どっちかって言うとうちの会社とはライバル関係にあったんだけど、なんだか仲良くなってね。何度も顔を合わせるうちに、よく食事に誘っていただいて。初めてお会いして一年ほど経ったころかしら。フレンチを食べながらプロポーズしてくださったの」

冬美が顔を赤らめた。

「ええなぁ。やっぱりプロポーズてフレンチやんな。お母さんには言うたと思うけど、うちはお好み焼き屋やったんよ。まぁ、ムードのないこと」

杏夏が小鼻をゆがませた。

「いいじゃないの。素朴っていうか、誠実な真一さんらしくて」

冬美は福井のフレンチレストランで、治夫から求婚されたときのことを思いだしている。

——仁子が亡くなってからまだ一年と少ししか経ってへんのに、冬美はんに一緒になってくれて言うのは、不謹慎なことやと思うてる。冬美はんも、わしのことをええ加減な男やと思うてるやろ。けど、こんなん言うたらあかんのやろが、わしの本心は、冬美はんに杏夏の母親になってほしいいうことやねん。保育園でいっつも寂しがって泣いてるて聞いて、不憫でしょうがないんや。わしも一生懸命育ててるんやけど、やっぱり杏夏には母親が必要なんや。ぶしつけで、無礼で、勝手気ままな頼みやと思うけど、なんとか聞いてもらえんやろか。頼む――

白いクロスの掛かったテーブルに、額をすりつけんばかりに頭を下げる治夫を、呆然として見つめていたのを、つい昨日のことのように冬美は思いだしている。

聞いたわけではないが、てっきり治夫はずっと独身だったと思い込んでいた冬美は、ただただ驚くばかりで、もちろん即答などできるものではなかった。

生まれつき子どもを産めない身体だったこともあり、冬美は生涯独身を貫くと決めていた。両親とも結婚に猛反対だったのも当然だった。後妻に入って三歳児を育てるなど、苦労以外のなにものでもない。不幸になることが分かり切っていて、嫁にやる親などいるものか。結婚を決めて打ち明けた夜、両親とも涙を流して哀しんだことは、いつも心の片隅で痛みを放っていた――

「ちょうどいい加減に焼きあがったと思います」

北大路の声に、冬美は我に返った。

「ええ匂いやけど、この匂いを嗅ぐとお線香の香りが流れてくる気がする」

杏夏がドリアに鼻を近づけた。

「火傷しないように気を付けてくださいね」

「美味しい。でも熱い」

冬美が口をすぼめた。

「やっぱりオマールは美味しいわ」

杏夏が横目で冬美を見た。

「ちゃんとわたしの好物も入れてくれたのね。ビスクじゃないけど」

冬美がその目を見返した。

「しっかり返してきはるわ」

お手上げとばかり、杏夏が両手のひらを上に向けた。

「それでは肉料理の準備をしてまいります」

北大路が下がっていくと、冬美が杏夏に向きなおった。

「明日飾るお花も杏夏が選んだの？」

「さすがにお花までは注文付けてへん。フラワーアーティストの先生にまかせてある。あんまり派手にならへんように、とだけ言うといた。なにか気になる？」

杏夏がスプーンでドリアをさらえている。

「ちょっと頼んでもいいかしらね」

「なにを？」

　杏夏がスプーンを置いた。

「あとで北大路さんに頼んでみるわ」

「余計なこと言わんといてよ。もうアレンジし終えたはるやろから困らはるやん」

「ちょっとだけだから」

　冬美が首をすくめた。

「失礼します。メインディッシュをお持ちしました。本来ですとヒレステーキをお出しするのですが、ご家庭で加熱していただくのが難しいんです。そこで上村とも相談のうえ、ビーフシチューのフォアグラ添えにさせていただきました。これですと湯煎で美味しく召しあがっていただけると思いますので」

「どちらかというと、治夫さんもステーキよりシチューのほうが好きでしたから、まったく問題ないと思いますよ」

「よかった。お母さんが反対するんと違うかなぁてドキドキしてた」

　杏夏が北大路と目を合わせてうなずいた。

「どうしてわたしが反対するって思ったの？」

　冬美は慣れた手付きで、ビニールパックを湯煎に掛けた。

「お母さんは、洋食の王さまはステーキやて、いっつも言うてるから、シチューは気に入らんかなと思うて」

「みなさんに美味しく食べていただくのが一番ですから。ねぇ、北大路さん」

「おそれいります。ステーキを湯煎しますと、どうしても熱が芯に入りすぎてしまいまして。何度かチャレンジしたのですが、納得のいく味になりませんでした」

「ご苦労を掛けましたね。ところでひとつお願いがあるんですけど、聞いてくださいます?」

「はい。なんなりとおっしゃってくださいませ」

「明日のお花のことなんですが、どこかに白いカーネーションを入れてくださらないかしら」

「お母さん、何言うてるん。そんなんヘンやって。みんな何やろうと思わはるやんか」

「わたし、うっかりしてたの。仁子さんに感謝の気持ちを表さないといけないでしょ。きっと愉しみにしてらしたと思うから。杏夏を産んでくださってありがとう、って」

「うちもその気持ちは充分ある。けど、お祝いの席なんやし、気持ちだけでええと思う。それに……」

杏夏が言いよどんだ。

「それに？」

　冬美が杏夏の顔を覗きこんだ。

「うち、仁子母さんのこと、まだ真一さんに言うてへんのよ」

「べつに恥ずかしいことじゃないし、悪いことでもないのに、なぜ言わないの？　仁子さんがかわいそうじゃない」

　冬美が語気を強めた。

「つい言いそびれてしもうたんと、お母さんのことをヘンに思われへんかと思うて」

　杏夏がテーブルに目を落とした。

「いかがいたしましょうか」

　困惑した顔つきで北大路が冬美に訊いた。

「映らないところならいいでしょ。裏側とか」

　冬美が答えた。

「明日はいろんな角度から撮影することになっておりますので、それはちょっと難しいかと」

　北大路がゆっくりと首を横に振った。

「これも飾ってもらおうと思って、お仏壇から持って来たんだけど」

冬美が小さなフォトスタンドを出してきた。

「仁子母さんの写真か。たしかにうちの花嫁姿を見てほしい気持ちはあるえ。けど……やっぱり気持ちだけでええんと違うかなぁ。仁子母さんにはまたあらためて、写真も持って、お墓に白いカーネーションを供えに行くし」

「こんなご時世だから、そう易々と奄美大島から帰って来れないわよ」

冬美は憮然とした顔をして、説明書を横目で見ている。

「そろそろ温まったんと違う？　余計なこと考えんと、美味しいお肉を早ぅ食べよ」

冬美の言葉を無視するように、杏夏が急かすと、渋々といった様子で冬美がトングを使い、ビニールパックを鍋から取りだした。

「こちらの蓋付きの器にどうぞ。最後にクレソンを散らしていただければできあがりです」

北大路が茶色いシチューボウルをふたつ置いた。

「なにかいい方法はないかしらねぇ」

シチューボウルにビーフシチューを移しながら、誰に言うでもなく、冬美がひとりごちた。

「ええ匂いやなぁ。お腹が鳴るわ。みんなに聞こえたらどうしよ。そんなときはピンマイクをはずさんとあきませんね」

冬美の言葉に反応することなく、杏夏が北大路に笑顔を向けた。

「そのあたりも音声さんと打ち合わせておきます。では最後のお料理の準備をしてまいりますので、どうぞごゆっくりお召しあがりください。すぐに赤ワインをお持ちします」

気が急いているのか、そそくさと北大路が下がっていくと、すぐに赤ワインが運ばれてきた。

「歯が要らんぐらいにやわらかいわ。フォアグラがええ味出してる。ステーキよりこっちのほうがよかったやろ？」

フォークを手にしたまま、杏夏が冬美に問いかけた。

「ほんとにそうね。やわらかくて美味しいお肉だこと」

シチューから目を離すことなく、冬美が通りいっぺんの言葉を返した。

「やっぱりパンがあったほうがよかったかなぁ」

杏夏が首をかしげて考えこんでいる。

「そうね。こういうシチューはパンが欲しくなるわね」

相変わらず冬美は、杏夏と目を合わさずに話している。

「だいぶ迷うたんやけど、最後の料理を残さんと食べてほしいさかいに、パンを省いたんよ」

「北大路さんも最後の料理を、とおっしゃってたけど、メインディッシュのあとにまだお料理が出るの？　デザートのことでしょ」

「デザートは次の料理のあとに出すことになってる。うちにとっては次の料理がメインディッシュ」

杏夏はフォークをスプーンに持ち替えた。

「わたしのお腹はけっこう大きくなってるけど、みなさんどうかしらね。どんなお料理だか分からないけど」

冬美が帯のあたりをさすってみせた。

「最初のほうに出してもらおかと思うたんやけど、北大路さんとシェフが揃うて、ラストに出そうて言うてくれはったから」

「何が出てくるのか愉しみにしてるわね」

「ちょっと気恥ずかしいねんけど」

首をすくめ、杏夏が舌を出した。

「お料理が出てくるのに、なんで杏夏が恥ずかしがるの？」

スプーンの手を止めて、冬美が杏夏と目を合わせた。

「出てきたら分かるわ」

杏夏が苦笑いすると、北大路が黒塗りの漆器を銀盆に載せてふたりの傍に立った。

「お待たせいたしました。最後のお料理をお持ちしました。鯛そうめんでございます」

「鯛そうめん？　たしか瀬戸内地方の名物料理じゃなかったかしら。真一さんは奄美の方だし、桧山の家にも特に関わりはないと思いますけど」

怪訝そうな顔をして冬美が北大路の手元を見つめた。

「瀬戸内の鯛そうめんとは違いまして、こちらは焼鯖そうめんをアレンジしたものでございます。お嬢さまは焼鯖そうめんをご要望なさったのですが、ご承知のように鯖はアレルギーをお持ちの方もおられますし、青魚が苦手とおっしゃる方も少なくありません。そこで和食担当の鈴本料理長と相談いたしまして、焼鯖を焼鯛に替えてお出しすることにいたしました。大きな明石鯛を素焼きにいたしまして、その切身とそうめんを炊き合わせております」

北大路がビニールパックを冬美に手わたした。

「焼鯖の代わりに鯛を使って……」

冬美は涙ぐんでいる。

「福井のおばあちゃんが、ようお母さんに届けてくれてはったやろ。お嫁に行った娘を気遣うて、嫁ぎ先に焼鯖そうめんを届けるんやて、お母さん教えてくれたやんか。親て嫁いだあとまで心配してくれるんやなぁ、て。そうしてだいじに、だいじに育てられたお母さんに育ててもろたこと、ほんまに感謝してる。お母さん……ありがとう」

頭を下げる杏夏の目から涙があふれ出た。

「なによ、そんなにあらたまって。親が子どもを育てるのは当たり前のことじゃないの。杏夏が寂しい思いをしないように、いつもそれだけを思って。治夫さんから頼まれたことだけをずっと……」

目頭を押さえる冬美は、あとの言葉を続けることができなかった。

ふたりの小さな嗚咽が続くなか、目を潤ませながらじっとその様子を見守っていた北大路が口を開いた。

「素敵なお話ですね。わたしも近江の生まれですから、焼鯖そうめんの話は聞いておりました。なんでも農繁期である五月になると、農家さんへ嫁がれた娘さんをお持ちになる親御さんが、忙しく立ち働いているだろう娘さんを気遣って、ご実家から嫁ぎ先へ焼鯖を届ける「五月見舞い」という風習があったそうですね。この料理をお嬢さまからご提案いただき、上村と相談して宴の最後を飾るメニューとさせていただきました。明日はこのお料理をお出しする前に、お嬢さまからのご挨拶が入る予定でございます」

北大路が杏夏に視線を向けた。

「な？　気恥ずかしいやろ」

杏夏が泣き笑いした。

「気恥ずかしいのは、こっちじゃないの」

冬美が洟をすすり上げて笑った。

「それではどうぞお鍋に入れてくださいませ」

北大路がうながすと、冬美は丁寧にビニールパックを鍋の湯に沈めた。

「これはわたしだけじゃなく、仁子さんへの思いも込めて、だと思っていいわね？」

冬美が目を向けると、杏夏はゆっくりとうなずいた。

「仁子さんとおっしゃるんですね。お嬢さまによく似ておられる。お会いしたことがあるような気がしますが、この方はうちのホテルにもいらしたことがあるのでしょうか？」

北大路がフォトスタンドに目を遣って訊いた。

「さぁ、どうやろ。うちには分からへんけど」

杏夏が横を向くと、冬美は無言で首をかたむけた。

「ちょっとお写真だけ撮らせていただいてもよろしいでしょうか」

「はぁ」

冬美の返事を待たずに北大路は素早くシャッターを切った。

「盛り付け方も説明書に写真を添えておりますので、これを参考にしていただき、所定の時間湯煎していただいてから、この漆器に移し替えてくださいませ」

言い終えるや否や、北大路は足早に下がっていった。

『アクア』から出た北大路は廊下の隅で、スマートフォンを素早くタップしてから耳に当てた。

「お疲れさま。さっき白川くんに頼んだ白いカーネーションだけどね、申しわけないがキャンセルしておいてくれるかな」

「え？　キャ、キャンセルですか。無理を言って明日の朝一番に配達してもらうことになってたのですが。ご新婦さまの思い出アルバムのタイトルバックにインサートするよう、映像さんにも頼んだばかりなので」

雪が不服そうなのも当然だろう。ホテルと契約している、出入りの花屋と連絡が取れないので、雪の知り合いの花屋に頼み込んでくれたばかりなのだから。

「白川くんには申しわけないと思いながら、ふたつのことをお願いしたいのだが、聞いてくれるかな？」

「これまでわたしが、支配人のリクエストを一度でも断ったことがありました？」

「ありがとう。それじゃあラインにリクエストを送っておくから確認してくれ。いつも言っているとおり、時間勝負だからそのつもりで頼む」

「かしこまりました。確認でき次第すぐに手配いたします」

切迫した遣り取りを終えて、北大路は洗面所に向かった。

丁寧に手を洗い、鏡に向かって大きなため息をついてから、ネクタイの結び目をかたく締めなおした。

最後の料理を名残惜しむように、ふたりはゆっくりと箸を動かしている。

「焼鯖でないと美味しくできないと思い込んでいたけど、鯛にするとまた一段と美味しくなるのね。考えてみれば鯛とそうめんの相性はいいんだから当たり前だけど」

　冬美が味の染みたそうめんをすすった。

「うちもそう。焼鯖やさかい情緒があるけど、鯛みたいな高級魚にしたら、ちょっと空気が変わるやんて思うたのに、さすがはプロやね。情緒はそのままに、料亭とかで出てきてもええぐらい、さまになってるんよ。嫁ぎ先にこんなん持って行ったら、ちょっと嫌味に思われるかもしれんけど」

「ほんとうにそうね。うちだって、ちゃんとご馳走食べさせてますよ、ってお姑さんに怒られるかも」

　ふたりは声を上げて笑い合った。

「鯛て味はええんやけど、この太い骨が難敵やね。説明書にもしっかり注意書きを赤字にしてもろたから大丈夫やと思うけど、福井のおばあちゃんとか心配やな」

「むかしのひとは魚を食べなれてるから心配ないわよ。でも、焼鯖そうめんが鯛そうめんに変わってることに、びっくりするでしょう。まぁ、九十を超えてからは、たいていのことに驚かないようになったみたいだけど」

　冬美は箸で鯛の身をほぐし、器用に小骨を抜き去った。

「鯛そうめんはいかがでしたでしょうか」

　北大路が戻ってきた。

「バッチリでした。料理長さんにもよろしゅう言うといてください。素人が余計なこと言うてすみませんでした、て」

「とんでもございません。お嬢さまがおっしゃるように、鯖が鯛に変わると、本来の意味合いと違ってまいりますから、そこは華美に過ぎないよう気を配らせていただきました」

「鯛そうめんはもちろん、すべて美味しくいただきましたし、この手順でしたら、みなさんもきっと喜んでお作りくださると思います。ほんとうにお世話になりました。あらためてお礼申しあげます」

　冬美が立ちあがって腰を深く折ると、あわてて杏夏もそれに続いた。

「恐縮でございます。お言葉はスタッフ全員でありがたくちょうだいいたしますが、肝心の本番が明日に控えておりますから、身を引きしめて備えるよう、みんなに伝えておきます。このあとはデザートになりますが、それは冷やしてあるものを、そのままお出しするだけですので、よろしければバーへご移動いただいて、そちらで召しあがっていただければと準備しておりますがいかがでしょう」

「何から何までお気遣いいただいて。それではお言葉に甘えてそうさせていただきます。杏夏とふたりでバー、なんて、きっと後にも先にも一度きりでしょうから」

ほんのりと頬を紅く染めた冬美は、目を潤ませて言った。

「ほんまにお母さんはたいそうやわ。今生の別れやないんやから。明るぅいってや」

言いながら杏夏も目を赤く染めている。

「それではご案内いたします。あとはどうぞそのままで」

北大路がふたりの片付けの手を止めた。

「お手をわずらわせますが、どうぞよろしくお願いいたします」

個室に入ってきたスタッフひとりひとりに頭を下げ、冬美が部屋の外に出た。

「わたしはひとつ野暮用を済ませてから参りますので、どうぞごゆっくりなさってください」

バーへの案内をスタッフにまかせ、北大路は先を急いだ。

「なんや、今日は支配人さん忙しそうやな。ようけお客さんが来てはるようには見えへんけど」

杏夏が首をかしげた。

「これだけのホテルを仕切ってらっしゃるんだから、いろんなご用があるのよ。わたしたちにここまで付き合っていただけただけで、ありがたいと思わなきゃ」

冬美がたしなめると、杏夏は小首を曲げてバーへ向かった。

バー『アンカーシップ』は『アクア』とおなじフロアにあるので、移動に時間は掛からない。

薄暗いバーへ入り、カウンター席かソファシートか迷ったふたりは、しばらく話し合ったあと、ソファシートに座った。

「お飲みものはいかがなさいますか？」

白いジャケットに黒い蝶ネクタイを結んだバーテンダーの辻が、フロアにひざまずいた。

「こういうときは何を飲めばいいのかしらね」

冬美がメニューブックに目を落とした。

「前夜祭やさかい、やっぱりシャンパンやろ」

「それは明日にとっておいて、今夜はブランデーでもどうかしら」

「そうしよか」

「ストレートになさいますか？　ロックでもよろしいかと思いますが」

「じゃあロックでお願いします」

冬美が答えると、杏夏もうなずいた。

「かしこまりました」

　辻が立ちあがった。

『アンカーシップ』のカウンター席にはカップルがふた組。ソファシートにはほかに客の姿はない。

「静かでいいけど、ちょっと寂しいわね」

「今はどこもこんな感じやなぁ。真一さんの会社も良うないみたい。苦しい、苦しいて言うてはるわ」

「和装業界も大変だけど、飲食業界も大変なのね」

「真一さんと付き合いはじめたころは、六軒のレストランを運営してはったけど、今は三軒だけになったみたいやし」

　杏夏が寂しげに言った。

「どんな仕事かて浮き沈みはある。浮いてるときより、沈んでるときのほうが、夫婦の絆(きずな)は強ぅなるもんや。治夫さんがよくそう言ってたわよ」

　冬美が窓の外に目を向けた。

「お待たせいたしました」

　カラカラと澄んだ氷の音を立てて、バーテンダーがふたつのグラスを置いた。

「あらためて、おめでとう」

「ありがとう」

　ふたりがグラスを合わせた。

「長かったような、短かったような。なんとか無事に務めを果たせてよかった」

　冬美が深いため息をついた。

「またそんな、何もかも終わってしもたみたいなこと言うてる。本番は明日やし、それから先もまだまだお母さんには面倒見てもらわんとあかんねんよ。子どもが生まれたら帰ってくるし、ひょっとして真一さんと別れることもあるかもしれんやん。気ぃ抜くのは早すぎるえ」

「別れるだなんて縁起でもない。そんなこと許しませんからね」

　冬美が杏夏をにらみつけた。

「おくつろぎいただいておりますでしょうか」

　北大路が冬美の傍に立った。

「おかげさまで、和気あいあいといたしておりますのよ」

　冬美がわざとらしく笑顔を作った。

「ほんまにやさしいお母さんやさかい、名残を惜しんでますねんよ」

杏夏がおなじような顔をした。

「そんなたいせつなお時間を少しだけちょうだいしてよろしいでしょうか」

北大路がフロアに膝をついた。

「なんでしょう？　それよりどうぞお掛けになってくださいな」

冬美が隣の席を指した。

「本来はお客さまとおなじ席に着くなど、許されないのですが、今日は特別ということで、無礼をご容赦くださいませ。それでは失礼して」

最敬礼してから北大路が冬美の隣に腰をおろした。

「まぁ、そんなかたいこと言わんでよろしいやん。ほんまにお世話になりっ放しやし、よかったら一杯いかがですか？」

杏夏がグラスを掲げた。

「とんでもありません。まだ仕事中ですし、お気持ちだけありがたくちょうだいいたします。それで早速なのですが、明日の件でふたつご提案させていただきたいと思っておりまして」

北大路がタブレットをガラステーブルに置いた。

「なんでしょう」

冬美が身を乗りだすと、杏夏は膝を前に出した。

「ひとつはお花のことです。先ほど白いカーネーションを、というお話がありましたが、やはりそれは杏夏さんのおっしゃるとおり、門出の宴にふさわしくないだろうと思っております。その代わりと申してはなんですが、このお花をご新婦さまの席に追加してはいかがかと存じまして」

北大路がタブレットを操作し、花の写真を映しだした。

「これは……。なんてきれいなのでしょう。お気遣いいただき、ありがとうございます」

腰を浮かせて冬美が北大路に頭を下げた。

「ほんまにきれいや。作りもんの花びらみたいですね」

杏夏がタブレットに目を近づけた。

「れっきとした生花でございます。オペラというカーネーションの品種だそうで、華やかなピンク色が特徴のようです」

「赤と白が混ざるとピンクになりますものね」

冬美がハンカチで目頭を押さえた。

「これやったら、なんにも違和感ない、どころか華やかさが増しそうや」

杏夏が頬をゆるめた。

「このオペラを加えたかたちでシミュレーションしたのが、こちらです」

北大路がタブレットを操作し、飾り花が映しだされると、ふたりは同時に歓声を上げ、あわてて口をふさいだ。

「なんて素敵なんでしょう」

「嬉しいわぁ」

「お気に召していただけてホッといたしました。それではもうひとつのご提案ですが」

タブレットを手にして、北大路が何度も画面をタップした。

「少々お待ちください。急いだものですから、どこにファイルをしまい込んだか分からなくなってしまって……、ありました、ありました。このイラストなんですが」

北大路がタブレットをガラステーブルに置いた。

「仁子さんだわ」

「仁子母さんそっくり」

ふたりの目はタブレットに釘付(くぎづ)けになっている。

「ご無礼を承知で先ほどお写真を写させていただきましたが、写真に黒い縁取りをするわけにはまいりませんので。うちのスタッフがＡＩの技術を使いまして、こんな似顔絵をお作りしてみました。こちらのイラストを、明日のご披露宴にリモートで出席していただいている方々と並べて映しださせていただこうかと思ったのですが、いかがでございましょう」

北大路が言い終えると、ふたりはしばらく沈黙を続けた。

「分をわきまえず、差し出がましいことをご提案しているのは重々承知しております。お嬢さまがおっしゃっていたことに相反するかとも思いますが、お母さまのお気持ちも汲みとらせていただきたいとも思っております。出過ぎた真似だと、お叱りを受けることも覚悟のうえで、これを機に新郎さまにお伝えされればと思った次第でございます。ご気分を害されましたら、どうぞお許しくださいませ」

立ちあがって北大路が首を垂れた。

「どうぞおなおりくださいませ。感謝こそすれ、気分を害するなんて、とんでもありません。これで仁子さんにも顔向けができます。ほんとうにありがとうございます」

「支配人さんの言うてはるとおりです。別に隠すつもりはないんやけど、これまで切っ掛けがなかったんです。ええ機会を与えてもろて助かります」

杏夏が笑顔を北大路に向けた。

「ご理解いただいて感謝いたします。繰り返しになりますが、ホテルマンとしての規を超えたご提案をさせていただきましたこと、心よりお詫び申しあげます。このうえは、明日のご披露宴がみなさまの心に残るよう、精いっぱい努めさせていただきますので、なにとぞよろしくお願い申しあげます」

北大路が頭を下げると、顔を見合わせて、ふたりは音を立てずに拍手した。

こういうのを汗顔の至りと申すのでしょう。常々部下には、分をわきまえなさいと話しておきながら、これ以上はないほど大きく逸脱してしまいました。

もちろんバーへ行く前に、白足袋に履き替えましたが、それは決して免罪符にならないことも充分承知をしておりました。

ただ、言い訳をさせていただくなら、今回の件は『京都スタアホテル』料飲部長北大路ではなく、あくまで一個人としての北大路直哉が行ったことであります。

と申しますのも、おふたりにはお話しいたしませんでしたが、わたしもお嬢さまとまったくおなじ立場なのでございます。

わたしを産んで間もなく母が亡くなり、父の後添いさんに、わたしは育てていただいたのです。

その間、複雑な心境だったことは言うまでもありません。わたしは家内にそのことを告げないまま、結婚したのであります。

もちろんこれは公私混同のそしりを免れないことも理解しておりますが、やむにやまれぬ思いであったのも間違いありません。

すべては明日の結果次第かと思っております。万が一にもご両家をはじめ、ご出席いただいたみなさまにご不快の念を与えるようなことになりましたなら、責任を取って職を辞する覚悟でございます。

それにしても、今のＡＩ技術というのはすごいものですね。コンピューターに操られるなど、とんでもないことと思っておりましたが、時代に付いていかないといけないと、思いなおした次第でございます。

ホテルマンは如何(いか)にあるべきか。まだまだ学び続けなければなりません。今日もまた、日々益々(ますます)の精進を誓う一日となりました。

本書のプロフィール

本書は、小学館文庫のためのオリジナル作品です。

小学館文庫

京都（きょうと）スタアホテル

著者　柏井（かしわい）壽（ひさし）

二〇二〇年十二月十三日　初版第一刷発行
二〇二一年九月八日　第三刷発行

発行人　飯田昌宏
発行所　株式会社 小学館
〒一〇一-八〇〇一
東京都千代田区一ツ橋二-三-一
電話　編集〇三-三二三〇-五九五九
販売〇三-五二八一-三五五五
印刷所――――図書印刷株式会社

この文庫の詳しい内容はインターネットで24時間ご覧になれます。
小学館公式ホームページ　https://www.shogakukan.co.jp

ISBN978-4-09-406855-9